JN049854

白鶴《はっかく》亮翅《りょうし》

多和田葉子
Tawada Yoko

朝日新聞出版

白鶴亮翅

ある日のこと、外に出ようと家のドアをあけるとそこにMさんが立っていた。Mさんはちょうど呼び鈴を鳴らそうとして片手をあげたところで、急にドアが開いたので目をまるくして棒立ちになっている。幸いドイツのドアは内側に開く。そうでなかったらドアを勢いよく開けたわたしはMさんの鼻を傷つけてしまっていたかもしれない。

「あ、こんにちは。お元気ですか」

わたしはとりあえず、そんな挨拶をしてその場を繕ったが、Mさんがヤー《はい》ともナイン《いいえ》とも答えないので、手近にあった話題をよく考えもせずにつかんで沈黙を埋めた。

「このドア、きしむんです。蝶番《ちょうつがい》にオイルをさすといいとインターネットに書いてあったんですが、うちにはサラダオイルしかなくて、でもサラダオイルをさしたら蟻《あり》が舐《な》めにくるんじゃないかと心配で」

Mさんは瞬きもせずにわたしの話を聞いているが、自分からは何も言わない。仕方なくわたしは直球を投げた。

「何かご用ですか。今あいにく急いででかけなければならないんですが」

「実は一つお願いしたいことがあるんです。全く急がない話なので今度また」

そう答えるMさんの顔にははにかむような、同時に悪戯《いたずら》をたくらむ少年のような表情が浮かんでいた。

「それではお電話ください。すみませんね。今は約束の時間に遅れそうなので」

そう言い残して、わたしはバス停に急いだ。いつもはゆっくり歩くのが好きなわたしだが、この日は無理に速く歩こうとして何度か躓《つまず》いた。わたしは転びやすい。おそらく足をあまり上げずに前屈《かが》みで歩くのがよくないのだろう。

急いでいるというのは言い訳ではなかった。十五分ほど前に友達のパウラから電話があってすぐに来てほしいと頼まれた。パウラの家の前に生えている大木のかなり上の方にある枝に七十歳くらいの女性が足をぶらぶらさせて平然と腰かけているのだそうだ。危ないから降りた方がいいとパウラが声をかけても反応しないのは、ドイツ語が通じないか、耳が聞こえないかどちらかだろう。顔立ちから判断すると日本人のようなので、わたしにすぐに来てほしいと言う。

顔だけで日本人だと断言できるのかとわたしが訊き返すと、絣《かすり》の着物のような模様のブラウスを着て、ピカチュウのプリントされたポシェットをたすき掛けにしているから絶対に日本人だと言う。警察にはもう電話したそうで、救助の人がハシゴを持って助けに来てくれるからそれまで動かずにじっとしているように、と日本語で説得してほしい、とわたしに頼むのだった。

パウラは大学に通っていた頃できた友達で、困っている人を見かけると放っておけない性格だった。困っていない人についても世話を焼きたがる傾向がある。高い木の枝に腰かけているドイツ語の理解できない七十代の日本人女性というのはどうも想像しにくかったが、ベルリンで暮らすようになってからは世の中にはかなり突飛なことも起こりうると思うようになっていた。

外気は予想外に冷たかった。天気予報はあまり見ない方なので、戸外に出て初めて前日と比べて格段に気温が下がっているのに気づいて驚くことがよくある。室内の温度は常に二十度に保たれ、二重窓を通して外を見ると晴天の日にはつい外も暖かいのではないかと誤解してしまう。わたしたちはすでに濡れた落ち葉に覆われた秋に足を踏み込んでいて、秋は急な坂道のように冬に向かって傾斜している。

ぶるっと身震いし、ジャケットの襟に亀のように首をひっこめたが、コートを取りに家に戻る余裕はなかった。脇目もふらずにバス停をめざして速歩《はやあし》に歩き、停車中のバスが目に入ったので小走りで駆け寄って飛び乗った。一番前の席に腰をおろし、ほっと一息ついて窓の外をぼんやり眺めながら、Mさんの頼み事って一体何だろう、とあらためて思った。

実はお願いしたいことがあるのですが、と言われると胸がわくわくする。わたしは人助けが得意なわけではなく、むしろ見ている人が助けたくなるような印象をまわりに与えるようだが、だからこそ稀に人から頼み事を持ち込まれると心が躍る。どんな事を頼まれるのかは全く見当がつかなかった。まだ入居して日の浅いわたしは、Mさんとはこれまで二度しか口をきいたことがなかった。

最初にMさんと話をしたのはベルリンのある地区からこの地区へ引っ越してきた日のことだった。それまで続いていた引っ越しの準備期間がいきなり終わって心が空虚になった日でもあった。それまでは準備に追われ、生活の新しい段落が始まることについては考えてもみなかった。文章なら行替えをするだろう。一行あけるかもしれない。

引っ越しというのは人や土地との繋がりを切り替えることでもあるが、その前にまず、電気、ガス、電話、インターネットの接続を切り替えなければならない。フライブルクからベルリンに引っ越してきた時にはまだ夫の早瀬がいたので、そういう手続きは当たり前のように彼に押しつけていた。

ところが早瀬は学者肌で実務処理は沼の中を歩くようにゆっくりとしか進まなかった。新しい電話の契約書なども納得のいくまで読み込まなければ気がすまないので、ひどく時間がかかる。

「その契約書はハイデッガーが書いたわけじゃないのだから、そんなに何度も読む必要ないんじゃない？」

わたしの皮肉に対して、早瀬はこう答えた。

「契約条件として魂を譲れ、と書いてあることもあるから、電話の契約書だってきちんと読まないとだめだ」

早瀬が真面目な顔を少しも崩さずに言ったのでわたしはすぐには冗談だと察せなかった。早瀬は笑わなかったので、わたしの笑いもすぐに萎《な》えた。

早瀬という名字なのに小学生時代は「遅瀬」と呼ばれていたそうだ。早瀬が哲学書でも読むように時間をかけて契約書を読むのは、少なくとも読むことだけは得意だからかもしれない。電話をかけて交渉するなど不得意なことは先に延ばし、それも明日とか来週に延ばすならいいが、忘却という無限の未来にまで延期しようとする。それでは困るので早瀬がごはんを口に入れた瞬間、わたしは柔らかい小声で、電話会社に連絡したの、と記憶を更新した。なぜ早瀬がごはんを口に入れた瞬間を狙ったかと言えば、それ以外の時はわたしが面倒なことを言い出さないか警戒して鎧《よろい》を着ているからだ。ごはんを口に入れる瞬間、哺乳類は警戒を解いている。

この時の早瀬の返事は意外だった。

「自分でやればいいのに。こういうことは君の方がずっと得意だろう。公的手続きが男性にしか許されていなかった時代の記憶が遺伝子の中に残っていて、女性に無駄な行動をとらせるんじゃないかな。つまり自分でやった方が早くて上手《うま》くできるのに、男性にやらせようとして、催促したり、なだめたり、おだてたり、いらいらしたり。体力の無駄だと思わないか」

目から鱗《うろこ》だった。わたしは早速翌日電話会社に連絡し、話をつけた。つまっていた水道管にブラシをつっこんで一度突いたら面白いように水が流れるようになった。そんな感触だった。

フライブルクからベルリンに引っ越してきてしばらく二人で暮らしていたのだが、早瀬が一人で帰国してしまってからは外界との接触を押しつける男性がいなくなり、ボイラーが壊れれば自分で修理会社に電話し、空き巣に入られれば自分で警察に届けるしかなくなった。別に難しいことは何もない。電話して用件を話せばいいだけだ。それなのに自分を知らない人に向かって自分の要求を口にするのが恐い。特に電話では、わたしはとりあえず外国訛《なま》りがあるというだけの存在であるから、最初から信用が差し引かれている。その上わたしは飲み込みが遅く、心配性なので何度も確認する癖があり、相手をいらいらさせてしまう。そのせいで外国訛りがますます強調されてしまう。

電話ではなく実際に顔を見合わせて話す場合は、店でも役所の窓口でも不親切にされた経験はなかった。顔を見て話せばわたしが外国人だということも含めて助けてあげたくなるような人だと思ってもらえるが、電話だと発音の訛りが引き起こす違和感が得体《えたい》の知れない未知のものへの恐れをかきたててしまうのかもしれない。あるいはわたしの声には傲慢《ごうまん》な響きがあり、顔にはそれとは裏腹に人に助けを乞うような表情が浮かぶのかもしれない。

ボイラーを直してもらった経験は明るい思い出になった。気力がいつもよりみなぎっている日を見計らって思い切って電話してみると、電話に出た女性は頼りがいのある声でてきぱきと、修理の日取りを決めてくれた。

修理工もすぐにやってきて、わたしと時々軽い世間話をしながら鼻歌まじりで部品を交換し、ボイラーを直してくれた。修理工が帰っていってから鏡を見ると、顔が若返って見えた。他人と接触すると細胞が活性化するのかもしれない。

早瀬が去ってからもわたしは一人でベルリンの同じ住居にとどまった。日本語で言えば、賃貸マンションということになるのだろうが、わたしは「マンション」という日本でよく使われる言葉の前半の「マン」も後半の「ション」も響きが好きになれないので敢《あ》えて「集合住宅」と言っている。建物が集合している団地のことではなく、数階建ての建物の中に六十から八十平米くらいの住居が入っているものを指す。借りて住んでいる人も購入して住んでいる人もいる。わたしたちが借りていたのもそんな集合住宅で、家賃は比較的安かった。

人気のある地区ではあった。日中はヒップホップ調から西アフリカの民族衣装まで多様なお洒落《しゃれ》が通りを飾る。トルコ語の奏でるベースにのって、アメリカ英語がトランペットのようにメロディーを奏でたかと思うと、アラビア語が舌と喉でパーカッションを打つ中から急に「ネエ、コレ、ミテ」などという日本語が耳に飛び込んできて、ぎょっとすることもあった。

明るいうちはいいのだ。ところがいったん日が暮れると、急に闇が落ちて通行人たちをのみこみ、頼りない少年歩哨のように立っている街灯の間隔があきすぎているので、膝から下にどんな世界が広がっているのか、鳥目のわたしにはよく見えない。

夜道で不安を感じると、わたしは携帯電話の懐中電灯機能を使って足元を照らした。するとその光が割れたビール瓶のかけらだけでなく、注射針に反射して光ることもあった。うっかり転んで針が膝に刺さったら大変だ。わたしは転びやすい。転びやすいと思っただけで転びそうになる。歩道の脇にはところどころ暗い影が見えた。寝袋にくるまって路上で寝ている人たちだった。わたしの住んでいた建物の入り口で寝ている人も時々いて、そんな時は前屈みになって腕を伸ばして鍵を開けなければならなかった。

一人で暮らすならばもう少し安心な地区に住みたいと思い、いい部屋があいたという話を耳にしたら教えてほしいとスージーに頼んでおくと、しばらくして治安のいい地区に新しい住居が見つかった。

引っ越し会社にはダンボール箱を五十個持ってきてもらった。荷造りを始めて数日後にこんな夢を見た。わたしはすでに百歳を超えていて、しかもありがたいことに天国に行くことがすでに内定している。それは入学試験を受けなくても内申で推薦入学できるようなものなのだ、と空色のスーツを着て髪を金髪に染めた天使が説明してくれたので、わたしはほっとした。

しかしすぐに困ったことが出てきた。天国に行くフライトはすべてエコノミー・クラスで、二十三キロまでしか荷物を持っていくことができない。天国というところはきっと退屈だろうから、何度でも読み返したくなる小説を持っていきたいと思った。天国は平和なところだろうから、できれば地獄に近い世界を描いた小説がいい。

ところが部屋に散らばっている書物の中に小説はなく、どれも昔捨てたはずの受験参考書ばかりである。『漢文演習』という参考書を手に取り、ぺらぺらとページをめくると、孫康さんという人の苦労話が載っていた。ランプに入れる油を買うお金がなかったので雪あかりで本を読んだ、という話だった。わたしはなぜかその話が試験に出ることを直感し、京都大学の入試を受けるとなんとその問題だけが出て受かってしまった。漢文も英語も世界史もすべて、孫康さんと雪あかりの話だった。

予知能力に頼るなんて裏口入学と同じで卑怯《ひきょう》な行為なので入学はしたものの気が滅入《めい》った。卑怯なだけでなく、これは立派な犯罪かもしれない、と思った瞬間、目が醒《さ》めた。おかしな夢を見たものだ。ちなみにわたしは京都大学に憧れてはいたが、実際には実家のあった埼玉から通いやすい東京の私立大学を受験して受かり、そこを卒業している。

同じ日の午前十時頃、電話が鳴った。スージーからで、「寝ていたところ起こしちゃった？ごめん」と言われたので、見たばかりの夢の話をした。孫康さんという人がランプに入れる油を買うお金がなかったので雪のあかりで本を読んだという部分が意外なかたちでスージーの共感を呼んだ。

「へえ、雪を使ったランプ。素晴らしいわねえ」

「どうして？」

「だってエコじゃない。風力エネルギーも太陽エネルギーも開発されているのに、雪エネルギーを家庭で使う話はあまり聞かないでしょう。雪からエネルギーを得るという発想がすてき。中国の古典文学の中に、未来の環境問題を解く鍵が隠されているということね」

わたしが高校生だった頃には、孫康さんが物質的豊かさに恵まれなかったにもかかわらず勉強に努力したという点に感動するものと思い込んでいた。でも才能はあるが経済的には恵まれない人が奨学金をもらって勉強できる世の中になったら、むしろ雪を再生可能なエネルギーとして使用したことの方が大切なのではないか。

雪エネルギーならばドイツはもちろんのこと、北日本でも原発に代わるものとして開発できないものか、と思ったが、それはスージーには言わなかった。彼女はかつて自然保護団体グリーンピースで働いていただけあって再生可能なエネルギーの話になると舌が止まらない。今は車椅子がないと移動できないのでグリーンピースの方は家でできる事務を一部引き受け、あいた時間には移民にドイツ語を教えるオンライン授業を行なっている。

引っ越しの準備があるからとことわって、わたしは電話を切った。それは言い訳ではなく、実際のところ荷造りは思ったより進んでいなかった。持ち物は決して多い方ではないが、書籍だけはここ数年でかなりの数たまってしまった。本棚を見上げるとこれからダンボールに詰めなければならない本の重さに気力が押しつぶされそうになり、楽になりたくて踊れる音楽はないかと探すと、オレンジ色のCDが目に入った。カバーには木陰でギターをつま弾く男、タンバリンを持った女、九官鳥のような鳥を手にとまらせてハンモックに寝そべっている女の絵がナイーブな筆使いで描かれている。その上に黄色い大文字で「ブラジレイロ」、裏面には「ブラジルのサンバ、ボサノバ、その他」と書いてある。

ブラジル音楽が始まると最初の一小節ですでに気分が百八十度転換し、肩が揺れ始める。

わたしだけではない。音楽が始まると、本棚の中で四角い顔をして押し黙っていた石川達三も三島由紀夫も海水パンツをはいて、まるでダンボール箱がプールであるかのように次々飛び込んでいった。石川達三も三島由紀夫もそれぞれブラジルに心を惹《ひ》かれた時期があった。クロード・レヴィ＝ストロースも眼鏡をかけたままプールに飛び込んだ。彼もまた、ブラジルへと旅立ったのだった。

レヴィ＝ストロースに続いて、今度はあおざめたチャールズ・ダーウィンが服を着たまま船の甲板から海に飛び込んだ。人間社会の起源はどこにあるのか、人間はいかにして人間になったのか、人間の文明はかつてどんな形をとっていたのか。そんな問いをトランクにつめて多くの人たちがブラジルに旅立っていった。本棚の秩序は乱れ放題に乱れていく。わたしはあわてて箱の蓋《ふた》を閉めた。

引っ越しの荷造りをしていると、自分がすっかり忘れていた小物を無数に所有していることに気がつく。たとえば燃えるように立派なトサカのついたニワトリ。渦巻き蚊取り線香が入っている高さ十五センチくらいの円柱形の缶だ。わたしはしみじみとニワトリの顔を眺めた。宇宙鶏と呼びたくなるようなサイケなニワトリの左右に咲く六個の小さな菊の花。このニワトリはおそらく明治の生まれなのだろう、誇り高い顔つきをしている。デザインは大正時代のイメージを装っているが、実は昭和の中頃にまたレトロ感覚で生産されたものだと聞いて興味を持って買ったのだった。

ベルリンにはほとんど蚊がいない。しかしどういうわけか、数年に一度、蚊があらわれる年がある。無の中から蚊が湧いてくる。蚊の羽音を聞きつけるとわたしは思い出したようにこの蚊取り線香の缶を出してきて、鋭角に切られたヨモギ色の線香の先端にマッチで火をつけ、一筋の煙が鼻に運び込む懐かしい香りを楽しんだ。するとすると時の流れを追うわたしの焦燥感はいつの間にか渦の形に引き込まれ、速度を落とし、今に留《とど》まろうとするのだった。

できれば蚊がいなくても蚊取り線香をつけたくなるほどわたしはその香りと形が好きだったが、除虫菊のにおいはドイツでは危険や犯罪を連想させることがある。

フライブルクに住んでいた頃のことだった。わたしが留守の間に小包が届いたことがあった。隣の家のシュミーデさんがそれを預かっていて持ってきてくれたのだが、その時にわたしの部屋から流れてくる蚊取り線香のにおいに気づいて顔をしかめ、「失礼ですが、この煙は何ですか」と顔をこわばらせて訊いた。わたしはとっさに、「お香です。仏教では瞑想《めいそう》の練習を行なう時に香を焚《た》くんです」と答えた。蚊がいないのに蚊取り線香をつけていると答えればますます疑われるだろうと思って、口からでまかせを言ったのだ。隣人は仏教と聞いて少しほっとしたようだった。

「ああ、そうですか。仏教ですか。なるほど。それはいいですね」

それからシュミーデさんは眉をひそめて言った。

「わたしはついあの事件を連想してしまったんですよ。テロリストたちが毒の煙の出る、サハリンとかいう物質を地下鉄に撒《ま》いたでしょう。日本でそんな事件がありましたよね」

「サハリンではなくサリンですけど」

シュミーデさんにとっては、地下鉄サリン事件のあった国は、蚊取り線香も仏教もサリンもサハリンも重なって見えてしまうほど遥か彼方《かなた》にある。

フライブルクにはいろいろな隣人がいた。シュミーデさんのように外国のものを警戒しがちな人もいたが、逆にツェーベルクさんのように遠い国の文化に興味を持つ人もいた。彼女は何より江戸時代が好きだということで、蚊取り線香のことはもちろん知っていたし、豚の形をした蚊遣《や》りを持っていた。恥ずかしながらわたしは「KAYARI」と言われた時、すぐに漢字を思い浮かべることができなかった。

その蚊遣りは三重県四日市でつくられたものだそうで、豚の尻から虫除《よ》けの煙を出す草を入れるようになっている。「江戸時代はみんなそうしていたのです」とまるで自分の目で見てきたようにツェーベルクさんは話すが、まだ八十歳という若さの彼女が江戸時代を体験したはずがない。かつてルフトハンザで客室乗務員をしていた彼女は、アジアの様々な町に滞在する度に骨董《こっとう》屋を見てまわることを生き甲斐《がい》にしていたそうだ。

わたしは蚊取り線香の缶を丁寧に引っ越し用のダンボールに詰めた。引っ越しの準備にあたっては、棚に並んでいる物を箱に詰めるだけでなく、箪笥《たんす》と壁の間、本棚と箪笥の間に押し込んである物を引き出して、要らない物を捨てる「歯間ブラシ」と呼びたくなるような作業が必要だ。ビニールシート、体操用マット、ピクニック用のテーブルクロス、大型グラビア雑誌。隙間があることさえ忘れていた場所からもどんどん物が出てくる。まるで隙間が通用口になっていて、その奥にある幽霊屋敷と繋がってでもいるみたいだ。向こう側に住むもう一人のわたしが、こちら側に住むわたしの生活空間にどんどん物を差し入れてくるのでなかなか作業が終わらない。

引っ越しの準備の半分は、要らない物を捨てることだということになる。生活は要らない物で満ちている。袋、包み紙、木の板、棒、布。今は不要な物であっても、いつ役に立つか分からないので躊躇《ためら》わずに捨てることができない。

いつだったか壊れたモップの柄を不要と判断して捨てたことがあった。ところが数日後、箪笥の後ろに文庫本が落ちてしまって、それを使えばすぐに取れるのに、と思い、捨てたことを早くも後悔した。また古いセーターを思い切って捨てた翌週、農家の落ち葉集めに誘われ、「汚れてもいいセーターを着てきてね」と言われた。ああ、あの古いセーターを捨てなければよかった、と思った。捨てた物だけが後に必要になる。捨てなければ何年も使われることなく家を狭くしていただけかもしれないのに、捨てたことで心に深く刻まれ、後悔の念とともに意識の表面に浮かび上がってくる。

捨てるべきか、捨てないべきか。早瀬が置いていった民芸こけしとしばらく睨《にら》めっこをして、捨てようと決心した途端、『命を捨てる』と書かれた本の背表紙が目に入った。著者は高校時代の倫理の先生だった。

高校時代にクラス担任だった五里先生が癌で亡くなったという噂をフライブルク時代に耳にした。当時仲のよかった級友に問い合わせてみると、五里先生が子供の頃、そのお父さんが自殺未遂の事件を起こしていたそうだ。

五里先生の父親は、戦時中に特攻隊に志願し、幸い出撃前に終戦になり、命が助かった。結婚して五里先生とその妹が生まれ、戦争のことなど社会が忘れてしまった高度成長期になって、五里先生の父親はどこかの古着屋で買ってきた軍服を着てマンションの屋上から飛び降りた。脚を骨折し何週間か入院したが、命は助かった。

五里先生は父親の自殺未遂の話を誰にもせずに生きてきたが、記憶を閉じ込めておいたのでは自分の心がいつか壊れてしまう気がして、『命を捨てる』という本を書いたのだ、と前書きに記されていたように記憶している。「人間が命を捨てようと自分から思うことはありえない。事前に必ず何らかの形で自由意志を他の人の手で抹殺されている」というのが五里先生のテーゼだった。この本は誰かに追われるような速歩《はやあし》で一度読んだだけで読みかえす勇気がなかったが、捨てようと思ったことは一度もない。

もう手にとることもないだろうが捨てることのできない本だけが並んでいる本棚の一角をわた

しはひそかに「迷い棚」と呼んでいた。もともと本というものは捨てるものではない。捨てたくなるような本でも捨てることはできない。たとえばネオナチのことが知りたくて買ったインタビュー集。ネオナチの組織に入ったスウェーデンの若者たちのナマの声を集めた優れた本だったが、その本が自分の部屋にあると気味が悪い。しかたなく「迷い棚」に置くことで放出される不吉な悪の力を抑えておく。

『姨捨《うばすて》山の史実と神話』という本がその隣に並んでいた。早瀬とフライブルクにいた頃に知り合った郡山さんという女性の研究者が書いてわたしにプレゼントしてくれたのだが、もらった時に本の重さが掌《てのひら》にずっしり感じられた。年下の女性がこんなに分厚い本を書き上げているのに、自分は一体何をしているのだろうという焦りを感じた。彼女は早瀬をひそかに崇拝していたようで、わたしにその本をくれたといっても本当は彼に読んでほしかったのではないかと思う。

早瀬は帰国する時に日本語の本はほとんどわたしのところに置いていった。文面に視線を滑らせただけで馴染《なじ》みの薄い難しい漢字がわたしを拒むように並んでいる本がほとんどだった。

いつでも読めると高をくくって一生ページを開かないよりは、今さっと目を通して捨ててしまった方が誠実なのかもしれない。「いつか」時間ができたら読もうと思うのは欺瞞《ぎまん》で、「いつか」という時間は永遠にやってこない。そもそもこれだけ読みたい本がたくさんあるのだから、この本一冊のために費やせる時間を計算してみたら七分三十秒くらいしかないのかもしれない。もしそうならば、その七分三十秒を忙しい引っ越し前の追い詰められた今とって、七分三十秒で読める分だけ読んで捨てた方がいい。

ところが、『姨捨山の史実と神話』というタイトルに現れた女偏に異民族をさす「夷」の字を組み合わせた「姨」の字を眺めているうちに、この本だけは捨てることはできない、という気がしてきた。老女と言えば哀れだが、姨の字には誇りと強さと謎がある。姨はわたしの人生を貫くテーマになるかもしれない、とそこまで考えるのは大げさだが、わたしとこの漢字が運命の糸で結ばれていることだけは確かそうだ。

引っ越し用ダンボールは畳んで紐で縛った状態で届く。紐を切り、組み立てるのにも力はいる。五つ組み立てては本を入れて閉じて部屋の隅に積み上げ、また五つ組み立てるという作業を繰り返した。手の肌がカサカサになって指の関節の内側が切れて血が出たので軍手をはめた。軍手などもう何年も使ったことがなかったが、捨てずにとっておいてよかった。いつかはどんな物でも役に立つ。もっとも「軍手」という単語も、「作業用手袋」という言葉が出回ってからは捨てられたも同然なのかもしれない。死語だって捨てないでとっておけばきっといつか役に立つ。

引っ越し用のダンボールの借料は、誰かがすでに使用した箱は一個一ユーロ、新しい箱は一個二ユーロだった。わたしは使用済みの箱を頼んだので、前に使った人がマジックペンで記した単語が残っている。「台所」とか「シーツ」と書いてあるのは納得できるが、なぜか「光」とか「救い」と書いてある箱もある。この箱は一体どんな人に使われたのだろう。いくら新興宗教団体の幹部でも、光や救いを箱につめて引っ越すことはないだろう。

わたしは「光」という単語を丁寧にマジックペンで消して「下着」と書き、「救い」を消して「掃除用洗剤」と書きながら、神聖なものを冒瀆《ぼうとく》しているような後ろめたさとかすかな解放感を感じた。

一人で荷物を詰めていると、時間は瞑想のように静かに過ぎていく。一冊の本、一枚のセーターから立ちのぼってくる過去を手にとって味わいながら箱に詰めていく。時間は少しずつ引き延ばされ、終着点は徐々に遠ざかり、このままでは作業は決して終わらないのではないかと心配になることもあった。友達のパウラとロベルトに電話すればすぐに来て手伝ってくれただろうが、これはわたしが自分一人でしなければならない作業なのだという気がした。自分の過去を始末し、未来に持っていくものと捨てていくものをより分ける。他人に手伝ってもらうわけにはいかない。

ところが引っ越し屋が呼び鈴を鳴らした瞬間、静かな一人だけの時間は急に幕を閉じ、住居はたちまち人間たちの息吹で満たされた。プライベートな空間は消え、肌着の入った箱も簞笥も枕もすべて他人の手でさわられながら、外に停車してあるトラックに容赦なく積み込まれていった。トラックの扉は出発するまで開けっ放しだったので、わたしの家財道具は通行人の目にさらされることになった。

スージーに勧められて引っ越しを依頼したのは学生たちがつくった「チーター」という会社で、チーフは背丈が二メートル近くあるオランダ人の学生だった。

「すごいですね。あなたが創立した会社なんですね」

とわたしが言うと相手は悪びれず、
「まだ学生ですが、人に使われるよりも自分で会社を経営したいんです」
と答え、握手しようと肉の厚い手のひらをさしだした。わたしが一瞬ひるむとあわてて手をひっこめてぎこちなくお辞儀した。多分、日本の人は握手をしないという豆知識がふいに記憶に蘇ってきたのだろう。わたしは握手を拒んだのではなく、彼の手のひらの大きさに驚いただけだった。

最近の若者は人に使われるのが嫌いで、大学を卒業するなり社長になろうとする人も少なくないという話を雑誌で読んだことがある。パソコン一つで会社がつくれる時代でもある。

ベルリンに住む若者の何割かは外国から来ているので、この町で立ち上がる企業は最初から国際企業的な色合いを帯びる。

「チーター」も社長がオランダ人なだけでなく、雇われている学生たちも出身国が様々だった。小柄で愛らしい顔立ちの二人組は、セネガルとフランスから来た男子学生で、この二人は肌の色は違うが体格と雰囲気が似ていて、しかも重い机や簞笥を二人で両端を持って運ぶ際には呼吸がぴったり合っていた。どちらも専攻は生物化学だそうだ。

遠いシドニーからはるばるベルリンに来てローマ史を勉強しているというコントラバスのような身体《からだ》つきをした学生は、わたしがもう長いこと開けることなく持ち運んでいるトランペットのケースを大事そうに抱きかかえて撫《な》でて、

「君、トランペットを吹くの？」

と友達に話しかけるような気安さで訊いてきた。わたしも学生に戻った気分で、

「もうずっと吹いてない。いつか又始めたいと思っているんだけれど、いつかという時間は永遠に来ないのかも」

ぼろっと本心をあかしてしまった。相手の意識には「顧客」という概念がないし、こちらにとっても相手はパーティで知り合ったどこかの学生と変わりなかった。

「そんなことはないよ。僕らのバンドに入らない？」

「どんな音楽やっているの？」

「サンバとかボサノバとかが多いね。タンゴも時々やるよ」

「わたし、リズム感ないから」

「リズム感のない人間なんていないよ。リズムは呼吸だからね、呼吸している限りリズム感はあると思う」

社長が近づいて来て急《せ》かすように、「おい、出発するぞ」とうながした。「チーフがいらいらしてるから働かないとね」と言ってその場を去ろうとする学生の腕をつかんでわたしはいきなり訊いた。

「アジア人女性は肺が小さいからトランペットは無理だという意見があるけれど、どう思う？」

前から気になっていたことだった。彼は不思議そうな顔をして、「え？　肺が小さいの？　測

ったことあるの?」と訊き返した。

「測ったことはないけれど、でも肺活量は身体が大きいほど大きいらしい」

「それを言うなら、ネアンデルタール人の方が、僕らの祖先より脳味噌《のうみそ》は重かったらしいけれど、だからって僕らはネアンデルタール人よりも頭がわるいと思う?」

この言い分が理にかなっているのかいないのかわたしが考えている間に、学生はチーフに大声で呼ばれて外に駆け出して行った。

トラックがクラクションを鳴らした。外に出てみると、掛け布団カバーのユリの模様が通行人の目に晒《さら》されていて、なんだか寝室が公開されているような恥ずかしさを感じた。最後に椅子が積み込まれてやっとリヤドアが閉まるとトラックは重たげに走り出した。わたしは歩いて地下鉄駅に向かった。

新しい住居は焚き火とオレンジの皮が混ざったような快い香りを放っていた。合図の声をかけ合いながら荷物を次々とトラックから降ろして新居に運び込む学生たちは川の流れのようで、そこに杭のように立ちすくむわたしはむしろ邪魔者だった。

「この箱、どこに置きますか」

と訊かれてはっとしてあわてて、

「冷蔵庫の隣に置いてください」

などとやっと答える。そのくらいしかわたしの役割はないのだった。

やがて荷物はすべて運び込まれ、本棚も壁に固定され、箱を運んでくれた若者たちが引き揚げてしまうと、実際にはもう誰もいないのに激しく人の動く気配だけが空中に残った。

わたしは両開きの窓を開けてみた。白いペンキを塗った木の窓枠がかすかにひび割れ、木の肌が筋状に露出している。植物によって清められたようなおいしい外気を肺の奥深く吸い込んで、これから一人で新しい生活を始めるのだと思った。

携帯電話が鳴った。スージーからだった。

「引っ越しは終わったの？　手伝えなくてごめん」

「ううん、わたしは、ほとんど何もしなくて、引っ越し会社の人たちが全部上手くやってくれた」

「何も問題なかった？」

「一つだけ不気味なことがあったけれど」

「不気味？　新しい家には幽霊が出るとか？」

「幽霊は出ないのだけど、実は新興宗教がね」

「新興宗教？　引っ越し会社が実は新興宗教団体だったの？」

「ちがう。引っ越し用ダンボール箱にね、前に使った人がマジックペンで光とか救いとかいう言葉を書き残しているの。神の光とか魂の救いを箱につめて運ぶなんて新興宗教団体に違いないと思って」

電話の向こうでスージーがフライパンの縁をスプーンで叩《たた》くような声で笑った。

「リヒト《光》と書いてあるのは、ランプを入れていた箱でしょう。レットゥング《救い》の箱には多分、救急箱でも入っていたんでしょう」

スージーの説明を聞くと、わたしの中で巨大化していたリヒト《光》とかレットゥング《救い》という単語がすっと日常サイズに戻った。柳を幽霊と見間違えたわけではない。元々単語に含まれていた無数の意味合いや陰影が、わたしの中に潜む不安を栄養にして膨張しただけだった。

ほっとして電話を切ると急にコーヒーが飲みたくなった。ところが台所に二列四段重ねで積まれている箱にはどれも「台所」と書いてあるだけで、コーヒーの粉とカップと直火式エスプレッソメーカーがどの箱に入っているのかは誰も教えてくれない。

散歩に出ることにした。犬も歩けば棒に当たる。わたしでも歩けば喫茶店にくらいは行き当たるだろう。家の鍵を探していると、台所の奥にある扉に内側から鍵がさしてあることに気がついた。開けて裏庭に出ると、全身に包帯を巻かれた痩せた人のような白樺が一本立っていて、その下には葉をきれいに全部落とした灌木《かんぼく》があった。花壇は湿った落ち葉に覆われている。来年の春ここに花が咲くかどうかはわたし次第なのだろう。

右手と正面には背の高い建物の外壁が聳《そび》え立っているが、垣根で隔てられた左側はわたしの借りた家と似たつくりになっている隣家の庭で、わたしの背丈くらいの垣根があり、背伸びしてのぞくと初老の男が一人、季節外れの麦藁《わら》帽子を被《かぶ》って、九官鳥のくちばしのような鋏《はさみ》を手に持って真っ赤な薔薇と向かい合っていた。目が合ったのでわたしはあわてて、「今さっき、この家に引っ越ししてきた者です」と挨拶し、「ミサ」と名乗った。

男は目を細めて笑って今度は自分の名前を口にしたようだったが、銀色の髭の中に埋もれた口の中でむにゃむにゃと発音するので、「M」の音しか聞き取れなかった。わたしがお辞儀しながらその場を去ろうとすると、「お役に立てることがあったら何でもおっしゃってください」と急にはっきりした声で言って、じっとわたしの顔を見た。

「ありがとうございます。でも今のところ、足りないものは何もありません。本当にどうも」

お礼とも言い訳ともつかない返事をわたしが曖昧に返すとMさんは急に早口になって言った。

「たとえばコーヒーが飲みたいのに、まだ引っ越しの荷ほどきをしてないせいで煎れられないとか」

図星である。

「どうして分かったんですか」

Mさんは鼻翼の両脇に満足げな皺《しわ》を寄せて笑い、「人の心を読む術《すべ》を子供の頃に姉に習ったんです。姉とは歳《とし》が離れていたので、わたしがまだ子供だった頃、姉はすでに成熟していました。どうですか、うちでコーヒーを飲みませんか」と誘った。

「でもお邪魔じゃないですか。庭があなたを必要としているでしょう」

「庭はわたしが姿を消す度にほっとしているかもしれません。薔薇との関係は上手くいっているのですが、他の植物とはコミュニケーション上の問題があってね」

早くもMさんの独特の語調に引き込まれてわたしが何と答えようか迷っていると、Mさんは巧みに言葉を継いだ。

「コーヒーを煎れるのが好きなんです。コロンビアでコーヒー園をやっている友人がコーヒー豆を直接送ってくれるので、それを誰かに飲んでもらいたくて、いつもチャンスを狙っている」

喫茶店を探して外を彷徨《さまよ》うよりは隣人の家で茶道ならぬコーヒー道のお手前を拝見した方が楽しそうだ。Mさんの家の中に入るなり薔薇の香りがした。最初に目に入ったのが靴箱の上に置かれている不思議な置物だった。わたしの腰くらいの高さで、円盤状の顔があり、目鼻が小さくとぼけた顔をしている。その横には大きな長靴が置いてあり、Mさんにはサイズが大き過ぎる気がした。息子と同居しているのかもしれない。

「コーヒー豆を送ってくれる友人がコロンビアにいるなんて羨ましいです」

「若い頃は友人というよりは論敵みたいなものだったんですがね、どうやら口論を重ねているうちに離れられない関係になってしまったようです。もっと性格の良い友達が他に何人もいたのに、どういうわけか今でも頻繁に連絡しあうのはこのシュテファン・アストだけです」

Mさんは自分自身の名前はこちらが聞き取れないくらい曖昧に発音したくせに、友人の名前ははっきりと発音した。そのせいでわたしはMさんの名前を知る前にシュテファン・アストという名をはっきり記憶に刻むことになった。

「口論というのは政治の話ですか」

「まあ、そう言えるでしょう。食べ物の話をしていても旅行の話をしていても、最後に行きつくのは政治ですよ。今だって顔を合わせればすぐに口論になると思います。幸い遠くに住んでいるので、物のやりとりという無言のコミュニケーションに徹していますが」

「物のやりとりですか。いいですね。向こうからコーヒーを送ってもらって、それで、こちらからは何を送るんですか」

「本です。シュテファンが読みたいドイツ語の本のリストを送ってくるんです。長年コロンビアで暮らしていてスペイン語が読めても、小説はやっぱりドイツ語で読みたいようです」

「小説ですか」

「今話題になっている歴史小説が多いですね。でもあいつの読みたがる本はわたしにとってはあまりに、押しつけがましい道徳が鼻についたり、社会を敵に回して戦おうという意気込みが強すぎたりして、せっかく買うのだから自分で読んでから送ってやろうと思うのに、いつも数ページで挫折してしまいます」

わたしは口を微笑《ほほえ》む形にしてうなずいたが、やさしい老人の顔をしたMさんが意外に辛口の批判家であることに気づき、わたしもそのうちその批判の的になるかもしれないという警戒心が生まれた。なるべく自分の話はしないで、会ったこともないしこれから会うことも多分ないだろうアストさんのような人間を話の種にしていた方が無難かもしれない。

「アストさんはどうしてコロンビアに移住したんですか」

「最初はメキシコに移住したんですよ。昔からすぐに映画に影響されるところのある男で、いや行動力があると言った方がいいのかな。エイゼンシュタインの『メキシコ万歳』を観て、メキシコに行こうと決めた。でもメキシコに行ってみたら食べていけるだけの収入の得られる仕事が見つからなかった。一時はオーストリア大使館に雇ってもらって事務の手伝いをしていたようで、その時期に何かのレセプションで若いスイス人の資産家と知り合って、その人に南米でいっしょにコーヒー園をやらないかと誘われた。もちろん無農薬で、労働者を大切にする農園です。あいつの喜んで食いつきそうな話です」

「それでコロンビアへ？」

「そうです。コロンビアかブラジルかどちらかに決めるつもりだ、と当時の手紙に書いてありました。まるで自分には選択肢があるのだとでもいうようにね」

「わたしの遠い親戚にも南米に移住した人がいました」

わたしは急にそんなことを思い出して口にした。ずっと忘れていた記憶がふいに蘇ってきたのだ。Mさんはその先が聞きたいという顔で待っていたが、わたしは詳しいことは知らなかったので、あわてて言い訳した。

「会ったことがないんです。母の又従兄弟《またいとこ》とか、そのくらい遠い親戚だったと思います。それに南米のどの国だったかさえ忘れてしまいました。子供の頃に何度かその人の話を聞いた記憶が残っているという程度です。確かニワトリを、そう、卵だったと思います。ニワトリをたくさん飼って、たくさんのトラックを使って新鮮な卵をその日のうちにいろいろな町に運ぶ。そんなアイデアで成功したという話だったと思います」

「南米に行ったまま生まれ故郷には帰らなかったんですね」

「そうです。遺骨を南米のお墓に埋めてほしいのか、それとも故郷にある家族の墓に埋めてほしいのか、どちらが本人の希望なのか、遺言がなかったので後に残された家族が困った」

「死んだ後の骨の行方が大切なんですか」

「そう考えている人が多いです」

わたしは急におかしなことを思い出して付け加えた。

「でもその人、卵アレルギーだったんです。だから卵事業で成功したのに自分は一個も食べなかった」

「あなたの国には卵アレルギーの人が多いんですか」

「そんなことはないと思います、多分」

「わたしがこんなにコーヒーが好きなのは一体なぜなのか時々考えます。遺伝子であるはずがない」

「どうしてですか?」

会話の上手な人は「どうして」という言葉を避けると聞いたことがある。直接的すぎて相手の語りたい気持ちを逆にポキンと折ってしまうことがあるからだそうだ。それを思い出してわたしはあわてて自分の言葉を上塗りして曖昧にした。

「コーヒーが好きな遺伝子ってあるんでしょうかね。あるとしたら、世界地図のどの辺に広がっているんでしょう。イタリアあたりでしょうか」

「トルコ人がウィーンにコーヒーをもたらしたと言われますが、いずれにしてもコーヒー文化が栄えたのは地中海を囲む一帯でしょう。わたしはあっちには親戚が全くいない。みんなヨーロッパの北東です」

Mさんは一瞬口をつぐんだが急に何か愉快なことを思いついたようにニヤリと笑って言った。

「でもね、実は曽祖母が寛容だったおかげでわたしの遺伝子が国際的である可能性がでてくるわけです」

「寛容って、どういうことですか」

「エキゾチックな男性が好みで、しかも恋人の数がいつも現在進行形で複数形だったんです。まあ当時のドイツ人にとって、ということですからエキゾチックと言ってもせいぜいイタリア人ですが。そういう南方系の人と恋に落ちることを密《ひそ》かに夢見る人が昔はけっこうたくさんいたのでしょうが実行に移す人はほとんどいなくて、かなりのスキャンダルになった。曽祖母は、シニョーラ長靴と呼ばれていたそうです」

「長靴？」

「長靴のかたちをしたイタリア半島の爪先から縁まで知り尽くしていると周りの人たちが妄想していたんでしょうね。ただのやっかみです」

「ただの噂だったんですか」

「曽祖母には四人子供がいて、父親と似ているのは長男だけ。それがわたしの祖父です。他の三人はそれぞれ顔が違っていてお互い似たところが全くなかったので、父親がそれぞれ違うと噂されていたそうです」

「噂だけですか」

「証拠はありません。めずらしく仲の良いきょうだいだったという話を親戚から聞いたのですが、母に言わせるとにくみあっていたと言います。母自身も自分の兄と仲違《たが》いして何年も口をきかなかった」

頭の中で赤信号が点滅し始めた。Mさんのお母さんの話はどうやら重そうなので迂回《うかい》して、「コーヒーは昔からお好きだったんですか?」と話題をずらした。

「いや、昔コーヒーはありませんでした」

Mさんはそう言うと肘掛けに置いた右手に力を入れてゆっくりと立ち上がり、サイドテーブルに置かれた小皿を左手で取って、わたしの目の前に置いた。腰をいたわっているような動きが心配で目で追っていると、「今流行の腰痛ですよ」とMさんはさらりと言い流した。いまどき確かに腰痛はめずらしくもない。Mさんよりずっと歳の若いわたしも実は朝起きると腰がひらがなの

「く」の字に曲がったまま伸ばせないことがある。そして、ひらがなの「く」がアルファベットの「I」になるまではかなり時間がかかる。しかも時々ぎっくり腰になって動けなくなる。そのことを話すとMさんは笑って、「湯たんぽを当てて寝るといいですよ、ぎっくり腰になった時は」と言った。それを聞いてわたしはあることを思い出した。

「ぎっくり腰になった時によく効くドイツの伝統的な治し方を教えてもらったことがあります。ジャガイモを二キロ皮ごとかために茹《ゆ》でて、古い枕カバーに入れて、その上に腰をのせて一晩寝るんです。一度やってみたんですが、目が醒めたらぎっくり腰は嘘のように治っていました。湯たんぽより断然いいです」

頷《うなず》きながら聞いていたMさんはこう答えた。

「その方法はわたしも耳にしたことがあります。豊かな農家で育った人ならやりそうですね。でも居候の身でいつもお腹をすかしていて、自分で敷地の隅にジャガイモを植えた経験がある自分には無理です。治療に使ったあとのジャガイモは捨てるのでしょう？」

「そこが問題なんです。一晩その上で寝れば、ジャガイモは形を崩してしかもしょっぱいにおいがする。自分の汗の染みたマッシュポテトなど食べる気はしません。もしかしたらちょうどいい塩加減で美味しいのかもしれませんが。捨てるのはもったいないので、郊外の森に置きに行きました。この辺にイノシシがいると友達に地図で教えてもらった場所だったんですが、森の中に入って行くと不思議な色のペンキを塗った小さな家が建っていて急に恐くなってしまったんです。

なんだかグリムのメルヘンに出てくる魔女の家みたいで」

Mさんは目を細めたが、その目は笑っていなかった。暗い記憶を振り払うように声のピッチをあげてMさんはこう尋ねた。

「あなたも腰痛で困っているということは、何か机から離れられない種類の仕事ですか」

「はい、翻訳をしています」

「翻訳家というのは憧れを感じる仕事です。語学が不得意なので絶対になれないことは承知の上ですが。あなたは子供の頃は何になりたいと思っていたんですか」

「大人になったらどこかの事務所に毎朝通うのだろうなあって思っていました。仕事の中味はどうでもよくて、ただまじめな顔をして机にすわっていればいいんだ、と思っていたんです」

「それじゃあ、仕事は何でもよかったんですか」

「はい」

「大学の専攻は？」

「小説が好きだったので文学部に進んで、そこで講師をやっていた夫と知り合って、そのまま夫の留学にくっついてドイツに来ました。最初はフライブルクでした」

Mさんが先を知りたそうな顔をしているので、わたしは通常は初対面の人には話さないことまで話してしまった。

「奨学金が切れてわたしたちは帰国する前に数ヶ月私費でベルリン生活をしてみることにしまし

た。わたしはすぐにこの町がすっかり気に入ってしまいました。人ではなくて町に恋をすることってあるんですね。夫は実家の近くにある大学に就職できることになって帰国してしまいましたが、わたしはそのままベルリンに残りました」

Mさんはまだ黙っている。

「お金を稼ぐためにいろいろアルバイトもやってみましたが結局ここで大学に入りなおして、奨学金ももらってしばらく通って、ドイツ語も上達して翻訳をやり始めたんです。でも大学はもう行っていません」

「翻訳で食べていくというのは誰でもできることではないのでしょう。面白い仕事をし収入を得られるのだからいいですね」

「本当は小説を翻訳したいんですが、そういう仕事は入ってきません。退屈な仕事がほとんどです。でも小説を訳したいという夢を忘れないように自分でこつこつ訳しているんですがこちらはお金になりません」

Mさんはまだ聞き足りないような顔をしていたが、わたしは初対面の人に洗いざらしの下着を見られてしまったような気まずさを感じていた。Mさんの職業を知りたいと思い、どう質問しようか迷っていると隣の部屋で電話が鳴った。わたしは腰を半分上げかけてあわててこう言った。

「コーヒー、おいしかったです。ごちそうさま。帰ります」

「ここで待っていてください。電話はすぐに終わりますから」

「いえ、わたしもこれから行くところがあるので」

「それでは、またコーヒーを飲みに来てください。でも引っ越しの荷ほどきの手伝いはできません。腰が弱いので」

Mさんと二度目に話をしたのはそれから二週間ほどたってからだった。引っ越しの荷ほどきはまだ終わっていなかったが、これも一人暮らしの気楽さで特に急ぐ理由もなく、台所だけは調理ができるところまでは整え、窓際の机の上に文房具と辞書を並べると、もうそれだけで楽しい我が家のできあがりだった。

今頼まれているのは、旧東ドイツの日常生活に関する資料の一部を訳す仕事で、「住宅」、「休日」、「育児」、「食事」、「公共交通機関」、などいろいろな項目がある中にポルノという項目もあった。その部分を早く読みたくて、わたしは育児についての項目を速歩《はやあし》で訳していた。訳すといっても一字一句訳すのでなく、大要を訳してほしいという注文だった。これは簡単そうで意外に手間がかかる作業だった。

依頼主は東京のある大学教授で、社会主義時代の日常生活の研究をしている。ロシア語、ポーランド語、チェコ語などスラブ系の言語には強く、おまけにハンガリー語まで読めるそうだが、ドイツ語は苦手で読むのに時間がかかり、しかしどうしても東ドイツの状況も知った上で本を書きたいからということでわたしに頼んできた。

最近は良い翻訳ソフトがあるから翻訳者はいらないという人もいるが、翻訳ソフトには苦手なことがいくつかある。たとえば時間がたつにつれて言葉の意味は変わっていくのにそれを文脈から読み取れないことである。

世界の社会主義国でコーヒーを生産できる気候の国は数少なかったので、東ドイツではコーヒーがなかなか手に入らなかった。だから西ドイツに住む親戚が東ドイツに住む親戚を訪ねる際におみやげとしてBohnenkaffeeを持ってきた、と書いてある。これは麦やチコリーという野菜などを使った代用コーヒーではなく、コーヒー豆を使ったコーヒーという意味である。

言葉だけ見るとBohneは豆、Kaffeeはコーヒーだが、翻訳ソフトに入れると「コーヒー豆」と訳してしまう。しかし「コーヒー豆」はBohnenkaffeeではなく、Kaffeebohnenである。豆コーヒーという言葉の意味が想像つかないので、翻訳ソフトは適当に意味の近い単語をとってしまうようだ。

翻訳ソフトにまかせておいたら、「西ドイツに住む親戚がおみやげとしてコーヒー豆を持ってきた」という訳文ができてしまう。これでは、挽《ひ》いたコーヒーではなく豆のままのコーヒーを持ってきた、という意味になってしまう。

しかしコーヒーが手に入らない国にコーヒー豆を挽く機械があるはずがないので豆ごと持っていったわけがない。持っていったのはコーヒー豆でできた本物のコーヒーという意味である。わざわざコーヒー豆でできたコーヒーとことわらなければならない時代的背景を考慮しなければ正確には訳せない。

その点、紙でできた辞書はすばらしい。人間だけでなく、辞書にも若者、中年、年寄りなどいろいろな世代があり、それぞれの良さがある。だからわざわざ図書館に足を運んで古い辞書で調べることもある。十九世紀の辞書の復刻版ではBohnenkaffeeという言葉はまだ収録されていないし今使っている辞典で引くとBohnenkaffeeはすでに載っていない。しかし一九六〇年につくられた辞典にはしっかり説明してある。八十歳の教養人も二十歳の若者も知らない言葉を五十前後の世代だけが知っているということもあるようだ。Bohnenkaffeeの意味は、「チコリーなどの混じらない純コーヒー」と説明してある。

ちなみにスーパーに並んでいるコーヒー豆のパッケージには、豆が挽いてあるかないかが表示されている。挽いてないコーヒー豆の袋には「豆そっくりそのまま全部」という意味で「ganze Bohne」と書いてあるが、これをある翻訳ソフトで訳すと「豆全体」と出てくる。別の翻訳ソフトで訳すと「まめまめ」と出てくる。どちらも間違っているが、その間違え方が個性的で可愛らしい。

Mさんと二度目に会ったのは近所の喫茶店だった。家で翻訳の仕事をしていたのだが、しばらくすると言葉の滓《かす》が頭にたまってきて集中できなくなった。そんな時、場所を変えてみると頭がすっきりしてまた集中できることがあるので、パソコンとノートを鞄《かばん》に入れて「ケストナー」という名前の喫茶店に行ってみた。

店に入ると、奥の方にすっぽり収まっている男性が目をあげた。Mさんだった。挨拶しようと

して、相手の名前がMで始まること以外知らないのだったと思い出した。Mさんはわたしの顔を見て親しげに、

「やあ、あなたもこの店に避難してきましたね」

と言いながら立ち上がろうとしたが、痛みにブレーキをかけられたように途中で動きを止めた。わたしは手を前に差し出した格好で駆け寄った。

「どうぞ、すわったままでいてください。同席してもいいですか」

Mさんは一度浮かせた腰を用心深くゆっくりとクッションに下ろした。

「どうぞ、こちらにおすわりください。飲物はもう注文なさいましたか」

声だけは痛みなど存在しないかのように平穏だった。カウンターの向こう側では眼鏡をかけた男性がカプチーノ・マシーンを磨いていて、他に店員の姿はなかった。わたしはお茶の名前の並んだメニューにざっと目を通し、アーユルヴェーダのブレンド茶を頼んだ。コーヒーを飲みたいと思って出て来たのに、いつの間にかずれている。

「できあがったら呼びますから、どうぞお席でお待ちください」

マスターは愛想のない顔で言った。黒縁の眼鏡をかけ、紺色の徳利《とっくり》セーターを着た男は、カフェのオーナーよりも古本屋をやった方が似合っているかもしれない。

わたしはMさんのところに戻って、真正面に腰を下ろした。「腰を下ろした」と言うより、「腰を落っことした」と言ったほうがいいかも知れない。ソファーのバネが疲れてしまっているせい

で、わたしのお尻はこの時予想外に低い位置まで落ち、床のかたさを感じた。低い位置からテーブルの縁の向こうに聳えるMさんの顔を見上げると、皺を寄せて微笑むMさんの顔は、誰かに似ていた。杜甫《とほ》だ。もちろん杜甫に会ったことなどないが、漢文の教科書で見た挿絵が記憶に焼きついている。

「そんなに低いところではすわり心地が悪いでしょう」

「いいえ。詩聖杜甫を下から拝んでいるみたいで、いい感じです」

「トゥーホー？　確か古代中国の詩人ですね」

「そうです」

「光栄です。わたしの生まれた東プロイセン地方には、ドイツ人なのに顔にちょっと東アジア的な面影のある人間が時々生まれます」

それは初耳だった。東プロイセンは今はそのほとんどがポーランド領になっているが、昔はドイツから移住した人たちもかなり暮らしていた。

Mさんはわたしが東プロイセンを知らないと思ったのか、「東プロイセンというのは、」と説明し始めたので、わたしはさえぎって、

「知っています。今はポーランドですよね」

と言った。Mさんは深く頷きながらも、

「ポーランドだけではありません。ケーニヒスベルクのようにロシア領になっている町もあるし、

リトアニア領になっているところもあります」

と律儀に訂正した。歴史の授業でもないのにそこまでくわしく説明しなくてもいいのにと思ったが、歴史の傷口は当事者にとっては一ミリ間違えても痛い。

「ドイツ人の東方植民が始まったのはいつですか」

「九百年くらい前だと言われます」

随分と昔の話で平安時代くらいだろうか。仮に平安時代に日本を出て海外に移住し、移住先で栄えた人たちがいたとしたらどうだろう。想像を超えた話だった。

「それでいつ、その東プロイセンにアジアから人が渡ってきたんですか」

「フン族はすでに四世紀頃にはヨーロッパに入っていたと思います。東プロイセンにはゲルマン系民族もスラブ系民族もまだ住んでいなかった頃に、プルーセン人という不思議な人々が住んでいたようです。自分たちの歴史を文字で残さなかったので、彼らの文明は謎に包まれているんです。しかし彼らはアジア系ではない。これではあなたの質問に対する答えになっていませんね」

そう言ってMさんは笑った。

「いずれにしても興味をそそられますね」

「実はわたしのパートナーは、自分はプルーセン人の末裔《まつえい》だと信じ切っていて、プルーセン人の痕跡を追っていつも旅しているんです」

パートナーという単語の男性形を使っていたのでMさんのパートナーは男性なんだな、と思った。Mさんはわたしの鞄に目をやって、「お仕事の邪魔ではないですか」と尋ねた。

「いえいえ、休憩のためお茶を飲みにきたんです」と嘘をついてわたしはジャケットを脱ぎ、パソコンとノートの入った鞄を隠すようにその上に置いた。

「喫茶店でもできるお仕事をしているんですか」

定年のない職業もあるので、念のために現在形で尋ねてみた。

「いいえ、エンジニアでした。もう仕事はしていません。若い頃はいろいろな夢があって、それは未来形で、しかも複数形だった。農作物の改良をやろうかと考えたこともあったんですよ」

「植物に興味があるんですね。庭の薔薇も立派ですし」

「実は花より芋に興味があったんです。東プロイセンからドイツに引っ越してきてすぐ、必要に迫られて小さな畑で野菜をつくり始めました」

ドイツに引っ越してきてすぐ、という言い方が面白いと思った。このわたしだって引っ越してきたばかりだ。移民とか移住と違って、引っ越しには軽さがある。

「戦後東欧からドイツに引っ越してきたドイツ人は何人くらいいたんですか」

「一千万人以上です。正確な数は忘れましたが」

「引っ越しといっても文化が違うので戸惑いませんでしたか？　わたしにとって日本からドイツへの引っ越しは大きな跳躍でした」

「ドイツ人がドイツに帰るのだ、と叔父は言っていましたが、まだ子供だった自分は、ドイツという国が別の場所にあるのだと考えてみたことがなかったので納得できませんでした。帰るってどういうことだ、自分はフルサトでないところで生まれたということか、なんて子供ながら頭をひねっていました」

「ドイツのどこに引っ越したのですか」

「バイエルン地方の農村です。地元の人に、あんたどこの国から来たんだ、ポーランドか、と方言で訊かれて、自分が外国人なのか、それともこの人たちが外国人なのか、どっちなんだろう、と思いました。それで家族に訊いてみたんです。ここは一体どこ？　姉は、自分たちはカトリックの国に来たのだと言い、叔母はバイエルン国に来たのだと言い、叔父は祖国ドイツだと言い、ますます混乱しました。一番偉かったのは、今思うと年上の従兄弟ですね。自分たちが住んでいるのは、いろいろな人たちが集まってきている連邦共和国だ、と教えてくれました。バイエルン地方の人、ハンザ都市の人、シュレジア地方の人など、いろいろなところから来た人たちが、これからいっしょに暮らしていく、それが連邦共和国なんだ、と」

わたしはなるほどと思った。自分はドイツに住んでいるというよりは連邦共和国に住んでいるのだと思うと他人の家に居候しているような窮屈さが消えた。

「子供の頃、家族の中ではドイツ語を話して暮らしていたんですか」

「もちろんです」

「ポーランド語も話せたんですか」

「いいえ、ポーランド語はできません。まわりのポーランド人たちがドイツ語を話せたので」

Mさんは決まり悪そうに目を伏せてコーヒーを一口飲んだ。

「ポーランド人がドイツ語を学ぶのは当然だと本気で信じていました。わたしも知らないうちに染まっていたんですね。ドイツ人が隣のポーランドに文明をもたらしてやるんだ、という傲慢な考え方に。大学に入ってからそのことにやっと気がついて自分が嫌になった。だからポーランド語の勉強を始めたんです」

Mさんは鼻のあたりに笑いを浮かべておどけて言った。

「でもなにしろ語学が苦手でね、英語さえものにならなかったのに、ポーランド語はその十倍以上難しい言語ですから、すぐにつまずきました」

エンジニアならば正確な数字の使い方をするはずなのに、計れない言葉の難しさを「十倍」などと言ってしまっているMさんが急に子供っぽく見えた。

カウンターからお茶ができたことを知らせる声が聞こえたのでわたしはソファーから立ち上がった。これほど低い位置から立ち上がるのは久しぶりなので思わず片手を肘掛けについてしまった。子供の頃は畳の上にすわって読書したり、テレビを観たりしていたおかげで、用があるとすっと立ち上がることができた。

頼んだサフランのお茶は色も香りも謙虚で、お湯とほとんど変わらなかった。Mさんはお茶を飲むわたしの顔を見て言った。

「あなたはコーヒーだけでなく、お茶も飲むんですね」

「どちらも好きです。ドイツは、お茶かコーヒーかどちらかしか飲まない人が多いですね」

「お茶とコーヒーを続けて飲むと、ビールとワインを交互に飲んでいるようで悪酔いしませんか」

「しませんよ。林檎ジュースとオレンジジュースを交互に飲んでも平気でしょう。それと同じです。口に入れるものは種類が多ければ多いほどいいと聞いています」

「それは南国的な考え方ですよ。暖かい地方は果物も野菜も種類が多い」

「でもベルリンだってどんな野菜も果物も買えるじゃないですか」

「今はそうです。でも茄子とかズッキーニとかパプリカとかをみんなが買うようになったのは高度成長期以降ですよ。イタリア人やトルコ人たちが持って来てくれた。それまではドイツの野菜は、今みたいに種類が多くなかった。わたし自身が野菜をつくっていたのはもっとずっと前のことです」

「戦後すぐですよね」

「ドイツ本国に着いたのは終戦の少し前です。叔父の家族に連れられて、姉といっしょにバイエルン地方にたどりついたところで叔父の家族と別れて、わたしたち二人はある農家の屋根裏に居候させてもらいました。でも邪魔者扱いされたので、敷地の一部を借りて、きょうだい力を合わせて小屋を建てたんです。八歳年上の姉がいなければ小屋を建てるなんて到底無理でした。姉は建築家になりたいとその頃から言っていた。わたしの方は植物と昆虫に興味をもっていたんで、畑をつくるのはひどく楽しかった」

「ジャガイモですね」

「ジャガイモだけではありません。シュテックリューベと呼ばれるあの黄色くて硬くて栄養のあるカブ、知っていますか？　あれには命を助けられましたよ。ジャガイモがとれなくて、毎日カブばかり食べていた記憶があります」

「自分で小屋を建てたり、畑をつくったりできたなんてすごいですね。教えてもらわなくてもできることなんですか」

「できなくても、やるしかなかった。ひどい失敗もしました。屋根がうまくできていなかったので、夜に大雨が降り出して、雨漏りがして、寝床でびしょびしょになったこともある。寒かった」

　Mさんはまるでその時の寒さがまだ身体にまとわりついてくるとでもいうように身震いした。

「ご両親はいっしょではなかったのですか？」

「二人とも戦争中に事故で死にました」

　わたしは唾《つば》を呑み、Mさんも黙ってしまった。事故という単語が脳に吸収されずに固い異物として残った。

「第二次世界大戦でロシアがどんな国よりたくさんの死者を出したことはご存じですか」

とMさんが急に話題を変えて、きびきびとした調子で言った。そんなことはありえない、原子爆弾を落とされた国の方がたくさん犠牲者を出しているに決まっている、とわたしは内心思ったが自信はないので黙っていた。後で調べてみよう。Mさんは目尻に皺を寄せてやさしく言った。

「わたしの言うことを信じていませんね。それはいいことです。人の言うことをすぐに信じないで自分で調べてみることが大切です。わたしは記憶違いが多い。でもこの数字には自信があります。わたしにとっては、どうでもいい数字ではないので」

と言った。わたしは首の付け根が凝っているのに気がついて首振り人形のように首を左右に動かした。Mさんもそれにつられるように首を動かした。わたしはさっき話に出たお姉さんのことをもう少し知りたい気がした。

「お姉さんがいるんですね。自分の住む家を建てようなんて、早熟な少女だったんですね」

「子供でいることが許されない時代でした。政府の政策で、農家の人たちはわたしたちのような人間を引き取らなければならなかった。大抵の農家には場所も食料も充分あったけれども、だから知らない子供を助けよう、という気持ちに誰もがなれたとは言いがたいですね。わたしたちは邪魔者扱いされました。屋根裏部屋に寝かせてもらうよりも、どんなに質素でもいいから自分の家に住みたいと思ったのですが、家賃など払えないし、第一、空家なんてありませんでした。姉が家を建てよう、と言い出した時、わたしは両手を叩きながら飛び跳ねて喜んだそうです。今思うと姉はわたしにとって父親代わりだったのかもしれません」

Mさんの姉はこの時、家を建てる面白さに取り憑《つ》かれ、後にベルリン工科大学で建築を勉強した。当時女性の建築家はめずらしかったそうだ。

「ニコラ・ミーネンフィンダー、ご存じですよね」

「いいえ」

「そんなことはないでしょう。新聞や雑誌でも随分とりあげられたんですけどね」

Mさんはくやしそうにそう言った。自分の名前を名乗る時は聞き取れないくらい小声で曖昧に発音していたくせに、姉の名前は音節を一つ一つはっきり銀の皿にのせてわたしの鼻先に差し出してきた。するとMさんの名字もミーネンフィンダーなんだろうか。いや、早まらない方がいい。ミーネンフィンダーというのは、Mさんの姉が建築家として使っている名字なのかもしれないし、結婚して夫の名字に変えたのかもしれない。

わたしは人に名前を訊かれれば「ミサ」と答えるがこれは翻訳者として使っているペンネームが「高津目美砂」だからそう名乗っているだけで、パスポートには全く別の名前が記されている。名前が本の表紙に記載されるような翻訳をしているわけではないが、名前を覚えてもらえれば仕事が入ってくる。普段の生活でも高津目美砂と名乗ることが増えていくうちになんだか本名よりも着心地がよくなってきてしまった。

「本当にニコラ・ミーネンフィンダーという名前、一度も聞いたことないんですか」

さっきまで控えめな人だと思っていたMさんも姉の話となるとなかなか積極的に売り込んでく

る。わたしはこの場をどうやって切り抜けようか知恵を絞った。

「わたしは建築音痴なんです。だから誰でも知っている有名な建築家の名前でさえも聞いたことがなくて、友達にいつも笑われます」

「それじゃあ、ダニエル・リーベスキントは?」

「知っています」

「タダオ・アンドーは?」

「知っています」

「レンツォ・ピアノは?」

「知っています。でもそれは偶然知っているだけです」

「偶然なんてありますか」

「いえ、ないと思います」

わたしたちは顔を見合わせて同時にふきだした。

「ニコラ・ミーネンフィンダーの建築は戦後の廃墟から出発していたんです。瓦礫《がれき》の山の中からまず材料を拾い集めることから始めた。これは壊れてこなごなになった記憶を拾い集めるということでもありました」

「でも今のドイツには瓦礫の山なんてないですよね。海外の戦地にでも行ったんですか」

「確かにシリアでプロジェクトを行なったこともあります。でもほとんどがドイツです。ドイツにも廃墟はあるんですよ。改築して再利用する人が現れないために何十年も放置された病院とか工場とかの建物が。時間がたつと窓が割れて、雨風が吹き込んで中の壁が崩れたり、柱が腐ったり」

「壊れた建物の瓦礫は自由に持ち帰れるんですか」

「いいえ。廃墟に放置してある誰も欲しがらない木材やレンガでも買い取ればかなり経費がかかり、新しい材料を買うより高くつく場合もあります」

「それじゃあ、制作費ゼロを目指しているわけではないんですね」

「むしろ逆ですね。皮肉なことに姉の顧客は南ドイツに住む金持ちが多かったようです。ベルリンの廃墟から拾ったオリジナルの材料をインテリアに使ってみたい、とたとえば一度思ったら金に糸目はつけないような連中です」

Mさんのお姉さん自身はどんな家に住んでいるのか訊いてみたかったが、もう生きていないという答えが返ってくるのが恐くて控えた。そんな予感がしたのはMさんがずっと過去形を使って話していたせいだろう。

一息ついてソファーの背もたれに身体をまかせ店内を見回すと、この喫茶店の家具もまた廃材でつくられているように見えてきた。椅子に張られたビロード生地はすり切れ、背もたれの木にはナイフで切りつけたような跡が残っている。緑色のソファーは褪《あ》せて毛羽立ち、テーブルの表面には落書きがある。

「そろそろ帰りましょうか」

そう言われて腕時計を見るとすでに二時間近く話し続けていたことに気がついた。

それからしばらく顔を合わさなかったMさんが急に訪ねてきて頼みごとがあると言われた。隣の人に頼まれることと言えば、休暇で家をあけるので花に水をやってほしいとか、ガスメーターの読みとりの人が来る日に留守にするのでドアを開けて中に入れてほしいとか、そんなことが多い。わたしの場合一番多いのは、漢字を読んでほしいという頼まれ事だった。

いつだったか通りがかりの書店に入り本を買うと、レジにいた店主と思われる男が、自分の父親が一九九〇年代に中国で買ってきたおみやげの掛け軸が家にあるのだがそこに書かれた詩のようなものをドイツ語に訳してほしいといきなり頼んできたことがあった。その本屋さんのお父さんは最近九十五歳で長寿を全うし、形見にもらった掛け軸に書かれた文章の内容が急に知りたくなったのだと言う。

わたしは中国語ができるわけではないけれども漢文の授業が高校生の時にあったので読めるかも知れないと答えて軽く請け合い、掛け軸の写真をメールで送ってもらった。メールを受け取った途端、わたしは漢文の授業は大好きだったが成績は決して誇れるものではなく、しかも高校を出てからは全く勉強していないことを思い出した。それでも漢字がゲジゲジにしか見えないこの本屋さんと比べればまだましなのだと自分を励ましながら添付ファイルを開けると、運良く「国破山河在」という有名な一行目が目にとびこんできた。訳の善し悪しは別として、これならなんとかドイツ語に訳すことができる。

二行目の「城春草木深」も適当に訳すことができた。三行目の「感時花濺涙」では「濺」という字を知らなかったので『岩波漢語辞典』で引くと、「水をはねかける。そそぐ」という意味が出ていたので、「時の流れを感じて花の上に涙を落とし」と訳した。

しかし本当は、「時」の一文字が時の流れをさすのか、また、「感」の一文字がただ感覚的に認知するという意味なのか、それとも心を動かされるという意味なのか、はっきりしない。

いろいろ考え始めると急に自信がなくなり、知り尽くしているつもりになっている漢字まで辞書でいちいち引いてみることになった。わたしは「感」という字の意味を本当に把握しているのか。それとも使い慣れたやり方でただ使っているだけなのか。「涙」という字も、もしかしたらわたしの知らない意味を持っているのではないのか。

漢詩は先へ進むほど難しくなっていった。四行目の「恨別鳥驚心」を、「恨みながら別れた鳥は驚く心のようで」と訳してみたが、鳥と別れて悲しむのは鶴女房の主人公くらいだろう。「別れを恨んでいると鳥の羽ばたきに驚かされ」とも訳してみたが、何かを恐れている人がちょっとした物音に驚くということはあっても、恨んでいる人が物音に敏感だという話は聞いたことがない。

たとえば会社の命令で若い独身の社員が転勤を命じられ、恋人と離ればなれに暮らすことになったとする。転勤を断ればクビになるか、出世の道を絶たれるかなので、そんな運命を恨み、ひょっとしたら会社を恨み、上司を恨み、悶々《もんもん》としている。日曜日、一人家で悩んでいても気が滅入る一方なので近くの自然公園に出かけると池に浮いていた水鳥が突然何を思ったかばたばたと羽ばたいて飛び立つ。これだ、とわたしは勝手に納得し、「恨みに沈んでいたが、突然の鳥の羽ばたきを聞いてはっと我にかえった。別れがつらい」と訳してしめくくり、「誤訳かもしれません」と断った上でメールを送った。本屋さんはひどく喜んでお礼の言葉を返してよこした。

そんな風に漢字の意味を教えてほしいとドイツ人に頼まれることは時々あるので、Mさんもおそらく漢字の書かれた掛け軸かなにかを持っていて、それをわたしに訳してもらおうと思っているのだろう。頼み事があると言われた時にはそう思ったのだが、ちょうど出かけるところだったので確かめてみることができず、それからは顔を合わせることがなかったために妙に気にかかっていた。

外に出る度にさりげなくMさんの庭をのぞいてみたが真紅の薔薇がまるい露をのせてひっそりと咲いているだけで人の気配はなかった。薔薇は秋が深まっても花を枯らす気配はなかった。こちらから電話して、わたしへの頼み事というのは何なんですか、と訊くのも奇妙だし、そもそも電話番号を教えてもらってない。そこで気がついたことがある。わたしはMさんに「電話してください」と言ってしまったような気がするが、あれは間違いだった。Mさんはわたしに電話してくださいと言われたので、直接訪ねていくのは失礼だと思ってしまったのかもしれない。

何日たってもわたしたちは顔を合わせることがなかった。好奇心にじわじわと首をしめられるくらいならばきまりの悪い思いをした方がましだ。わたしは思い切ってMさんの家のドアの呼び鈴を押した。ジリンジリンという音が「辞林辞林」と漢字になって聞こえた。しばらく待っても家の中はしんと静まりかえっている。「二度ベルを鳴らしていいのは郵便配達人だけで、それ以外の人間がそんなことをするのは失礼だ」といつだかスージーが教えてくれたのを思い出すと二度目が押せなくなる。よく見ると昼間なのに窓のカーテンも閉まっている。Mさんは旅に出ているのかもしれない。

あの時、頼み事があると訪ねてきた時にMさんの話を聞くことができなかったのは、あわてて出かけるところだったためだ。パウラから電話があってすぐに来てほしいと頼まれた。日本人と思われるもう若くはない女が一人、パウラの家の前の木に登って高い枝に腰掛けている、声をかけても答えない、警察には連絡したが救助が到着するまでじっとして待っているように説得してほしい、というパウラの話は信じがたかったが無視することもできなかった。パウラの家ならばタクシーを拾ったり電話で呼んだりするよりもバス一本で行った方が早い。バスを降りるとパウラと彼女のボーイフレンドのロベルトがわたしの姿を見つけてすぐに駆け寄ってきた。

「ドイツ語が通じないのよ。英語でもスペイン語でも話しかけてみたけど反応なし。あなた、日本語で話しかけてみてくれない？　助けがもうすぐ来るから、そのまま動かないで待っているよう言って」

パウラが指さす方を見ると、紺色の作務衣《さむえ》を着て白いスニーカーをはいたおそらく七十代と思われる女性が、かなり高いところにある太い枝に馬乗りになって悠々と空を見ている。筋肉質の痩せた人で、わたしよりもずっと運動神経がいいことだけは確かだった。

「もうすぐ助けの人が来ますから、それまで動かないでいてくださいね」

わたしは口に両手を当ててメガフォンのかたちをつくって日本語でそう叫んだが、声そのものは小さかった。空を見ていた女ははっと下を見てわたしを見つけると激しく瞬きして、

「助け？　誰か怪我《けが》でもしたんですか」

と日本語で訊き返した。声も顔つきもしっかりしている。わたしはのんびりした笑顔をつくり、言葉を選んで言った。

「木に登るのは大変ですが、降りるのは一苦労ですよね」

「もちろん登るのと降りるのでは全く別の技術が必要です。でも降りる練習もしないで木に登ってしまうのは子猫くらいでしょう。わたしはこれでも舞踏家ですから、枝のない木の登り降りくらいはできますよ」

そう言い放つとその女性はくるりと身体を翻し、四肢をつかってコアラのように幹につかまったかと思うと、かっかっかっとリズミカルに木を降りてきた。パウラとロベルトが「あ」とも「お」ともつかない驚きの声を何度かあげた。

「六十代の頃にはまだ、ドイツ語もけっこう上手かったんですよ。でも最近は孫の言っていることさえ分からないことが多い。どういうわけか、ドイツ語が脳から消えていってしまって、今は

もう日本語しか理解できない。どういうわけなんでしょうね。亭主も息子も日本語はできないし、家にいてもつまんないから、こうして外で一人遊んでいるんです」

それを聞いてわたしはすっかり恐縮してしまい、頷きながら黙って話を聴くばかりだった。パウラは救助活動が不要になったことを告げるために消防署だか警察だかに連絡していた。

あの時、舞踏家の名前を訊いておけばよかった。「それじゃ、またね」とわたしたちに別れを告げて、掌を蝶々のように翻し、鼻歌を歌いながら軽い足取りでその場を去っていった舞踏家には遊び足りない少女のような雰囲気が漂っていた。

そんなある日、呼び鈴が鳴ったのでMさんかなと思ってドアを開けるとパウラとロベルトが立っていた。ロベルトが小さな袋と大きなパンをいきなり差し出すと同時にパウラが言った。

「人生の新しい一章がしあわせなものになりますように。ずいぶん遅れちゃったけれど、これ引っ越し祝い」

そう言えばドイツには、引っ越しした人に塩とパンを持って行く風習がある。塩はお守り袋みたいな小さな麻の袋に入っていて、身体をまるめて寝ている猫のようなかたちをしたパンは、布巾の中でまだ温かかった。

「引っ越し、おめでとう！　お幸せに！」

「引っ越しって、おめでたいもの？　新居で不幸が起こらないでくれればいいとは思うけれど」

「消極的ね。おめでたいに決まっているじゃないの。あなたにとって新しい生活が始まるんだから」

確かにわたしには「不幸さえ起こらなければいい」とか「ミスさえ犯さなければいい」と考える消極的なところがあり、「新居でお幸せに」と言われてもすぐにはぴんと来ない。

パウラとロベルトとは大学のゼミで知り合った。わたしはすでに学業を投げ出してしまったけれど、二人は今もアルバイトをしながら大学に通い続けている。

二人と知り合ったのは、「ドイツ文学におけるラテンアメリカ」というゼミだった。なぜこのゼミに申し込んだのか本当の理由はまだこの二人にも打ちあけていない。当時のわたしはドイツの様々な作家がラテンアメリカを舞台に小説を書いたということさえ知らず、またラテンアメリカそのものにも興味がなかったが他のゼミは満員で入れてもらえなかったので、最後まで定員に満たなかったこのゼミに申し込んだのだった。ゼミのテーマを考え出したのは国際的にも名の知れた人気教授だったが、早く卒業したいと考える多くの学生たちにとって、このテーマはちょっと特殊で面倒くさいものに思えたのだろう。ドイツ文学入門のゼミならばゲーテとかカフカとかを読みたいのに、このゼミで扱われる作家たちの名前には聞いたことがないものが多く、わたしの脳味噌の中にもドイツと南米をつなぐ航路はまだ開拓されていなかった。

そんなわたしとは違って、父親がボリビア出身のパウラと、母親がアルゼンチン出身のロベルトは、最初の授業の時から活発に発言し、このゼミに参加できることに喜びを感じているようだった。わたしは自分の無知を恥じ、休憩時間にもなるべく誰にも声をかけられないようにうつむいていたが、パウラとロベルトはわたしに話しかけてきた。どうやら遠い東アジアから来たわたしが南米に興味を持ってくれているというだけで喜んでいるようだった。それを知ると、ますます穴があったら入りたい思いにかられた。

しかしウソから出たマコトということもある。このゼミに参加したことでわたしの心の扉が一つ開いた。教授の「大学というのは冒険するところです。目的地が存在するのかさえ不明のまま航海に出ることです」という言葉を耳にした時には、なるほどそれならドイツの船に乗り込んで、行くつもりもなかった南米に出かけるのも一種の幸福なのだと納得した。

パウラとロベルトに誘われて学生食堂に行き、南米の話を聞いているうちに夢に南米が現れるようになった。ボリビアで頭のまるい富士山のような山をめざして平地をどこまでも歩いていく夢。ブエノスアイレスの夜の広場で踊る人たちをぼんやり眺めながら、本当はわたしも踊れるのだと思った途端に心臓がどきどきし始めた夢。実際にはまだアメリカ大陸を旅したことのないわたしだった。

わたしが大学に行くのをやめてからもわたしのことを忘れずにいてくれたのはパウラとロベルトだけだった。わたしの新居を好奇心に満ちた目で見回して、パウラが言った。

「一軒家なんて贅沢ね」

「この家を借りている人の留守番をしているようなもの。だから安く貸してもらっているの。その人が数年外国に行っている間だけのこと」

「それじゃあ、数年したら出なければいけないの?」

パウラがちょっと心配そうな顔で訊いた。

「そう。でもそれでいいの。数年後のことなんて何も決まっていないから」

それを聞いてパウラが表情をくもらせたので後悔した。

二人はわたしより歳は若いが、これから子供をつくって家庭を築くつもりでいる。わたしは「先のことなんて誰にも分からない」と言い放つことでむしろ安心するが、この二人は数年後がちゃんと見える生活をしたいと思っている。

二人は家の中を見てまわり、狭い階段をめずらしそうに上がっていった。二階にはベッドがあり、からっぽの本棚や箪笥があり、ダンボール箱が積みあげてあるだけで、もちろんまだポスターも貼っていないし、ランプさえ置いてない。

「無駄なものがなくて素敵」

「一年後にはガラクタで一杯だと思う。残念だけれど」

窓からは隣の家の外壁のレンガが見えた。

「隣にも似たような可愛い家が建っているのね。どんな人が住んでいるの?」

「老人だけど、おしゃべりするとすごく楽しい人」

わたしはどきっとした。Mさんと話をしている時には「老人」などという言葉は一度も脳裏に浮かんだことがないのに、Mさんはどんな人かと聞かれて自動的にこの言葉が出てしまった。わたしはあまりにも気軽に「老人」という言葉を口にしてしまうが、自分がもし「老人」と呼ばれたら何歳になってもしっくり来ないのではないか。

一階に戻るとわたしはコーヒーを煎れ始めたが、二人はすわらないで家の中にある物を見てまわっていた。パウラの声がした。

「あなたの家では機械も長生きするのね」

どうやらCDプレイヤーのことを言っているようだ。確かに昔の機種だし、携帯電話にダウンロードした音楽がみんなの耳を浸している今となってはCDをかけること自体が時代遅れだ。でも捨てられないのには理由があった。

パウラとロベルトはコーヒーを飲み終わると、これから映画に行くのだと言って立ち上がった。なんでもオーストリア人の作家がブラジルに亡命した話を撮った映画だそうだ。二人は南米に祖先がいるので共通の関心がある。わたしには同じ関心事を持つ人間など一人もいなかった。

二人の去った後、新居が妙に静かに感じられた。わたしはなんだか音楽が聴きたくなり、中にどんなCDが入っているのか確かめないままスイッチを入れ、音が出るまで左のボックスに左手を置き、身体の力を抜いて床を睨んで待った。この姿勢は昔からの癖だが、最近CDプレイヤーが古くなり、しばらく待たないと音が出て来ないのでこの姿勢をとっている時間が長くなっている。待っている時間はなんだかわくわくするし、諦めた頃に、うなじに音のシャワーを浴びるのは気持ちがいい。

ブラジル音楽だった。引っ越しの準備をしながら聴いていたCDが中に入ったままだった。暖かい春の小雨のように音が降り注ぐ中、わたしは踊るように足踏みを始めた。足元の土に音の雨がばらばら落ちて暖かくしみ、又ゆっくりと蒸発し始めた。わたしは空中に露が輝いているのを見ながら、マラソン走者のように腕を動かした。

一曲終わったところで急にしんみりした音楽が聴きたくなってCDを取り出すためにスイッチを押したが反応がない。CDプレイヤーは引っ越しで疲れたのか、ますます歳をとってしまったようだ。一度電源を切り、もう一度入れたがむっつり黙っているだけで反応がない。辛抱強く待っていると、やっとブチブチ言いながら電気が通った。機械相手に大人げないとは思いながらつい嫌みを言ってしまった。

「あんたもこの頃、歳とったねえ」

するとすかさず、

「まあ、そう言わんといて」

と答えが返ってきた。この機械は時々口をきく。パナソニックに勤めていた家族が帰国して大阪に帰る際に譲ってくれた機械だけあって関西弁のようなものを話す。と言ってもそれはわたしの中に残っている言葉の記憶の残響に過ぎず、ネイティブの人が聴いたらそれは大阪の言葉ではないと言うに違いなく、それどころか関西のどこにもない言葉であるに違いない。

通訳の仕事で毎週ハンブルクに通っていた頃、その家族は時々夕食に呼んでくれた。このCD

プレイヤーをくれた時には、今となってはもう古い機種ですが性能はいいし、少しも壊れていないのでよかったら使ってください、と言っていたのを覚えている。

「一度この世に生まれた機械はいつまでも大切にせんとあかんで」

わたしはふきだしそうになりながら、笑いを抑えてわざといじわるな答えを返す。

「最近ボーズ社のCDプレイヤーが話題になっているの、知っとる？　機体がすごく小さいの」

「ボーズが何や。くだらん」

「内蔵スピーカーなのに、大きなボックスより音がいいんやて。マサチューセッツ工科大学で開発された新技術らしい。買いたいなあ」

機械にも感情はあるのか、古いCDプレイヤーはかっとなって噛《か》みついてきた。

「あたらしい坊主が来たから、わてを捨てるんか。そんなんは生臭坊主に決まっとる」

「坊主じゃなくてBOSE。スペルは、B、O、S、Eや」

「ふん、横文字だから偉いんか。まだまだ働けるものを粗大ゴミ扱いするんか。おまえには心はあるんか、心は」

心はあるのか、と機械に詰問されてしまった。このCDプレイヤーはまた当分捨てられそうにない。

すべての機械が口をきくわけではない。冷蔵庫は時々ぶつぶつと独り言を言う程度だ。響きからするとどうもデンマーク語のようだが、理解できないので無視している。テレビは引っ越ししてから電源さえ入れていないので無言のまま映像を腹の中にため込んでいる。自転車は家電ではないので口をきかない。もし口をきけたらとっくに、前のタイヤがパンクしているから早く自転車屋に連れていってくれと催促してくるだろう。

その日は風もなく空は寒々として、うっすら上空にかかった雲の色は明るく、雨粒が落ちてきそうには見えなかった。前のタイヤがべったりつぶれた自転車を引きながら、一度見かけた自転車屋まで歩いていった。店の前には垢抜《あか》けたデザインの自転車が並んでいて、日本までの航空運賃くらいの値段がついていたので足がすくんだ。わたしの自転車はフライブルクのリサイクリング店で買ったもので、この店に持ち込むのも気が引けるほど古びて見える。

店員の軽蔑に満ちた視線に晒されるのは嫌だなと思い、回れ右して引き返そうとした瞬間、店員が外に出てきた。ブラジルに棲息《せいそく》するシマカザリハチドリのような髪型をしている。この鳥は雄だけが笑いを誘うほど目立つ飾りを頭につけている。鳥にくわしいロベルトがいつだったかこの鳥の写真を見せて教えてくれた。そうだ、あの日は彼が派手なオレンジのシャツを着ていて、パウラは灰色がかった深緑のワンピースを身に付けていたので、雄がお洒落をしている鳥の話になったのだった。

あまり気取った店なので別の店を探そうと思ったが、店員と目が合ってしまったので逃げられなくなった。

「すみません、前のタイヤがパンクしているんですけれど直してくれませんか」

いつもより声が小さくなってしまった。

フライブルクに住んでいた頃は「パンク直しセット」をパン一斤分くらいの値段で手に入れ、バケツの水にタイヤチューブを浸《つ》けて穴の位置を確かめ、ゴムシートをハサミで丸く切って接着剤で貼り、無駄な空気を叩き出すようにトンカチでとんとんと叩いて固定したものだが、今はそれも面倒な気がしてお金を多少払ってでも直してもらおうと思った。ところがシマカザリハチドリは鳥を思わせる無表情を崩さずに、

「最近はパンクを直すということはしていないんです。新しいタイヤを購入してください」

と答えた。

わたしは、「もったいない」と叫びそうになったがぴったり当てはまるドイツ語を思いつけず、どうにか冷静さを保って値段を尋ねると、オペラ座のチケットくらいの値段を言われた。もちろんS席ではないしA席でもないが、安い立ち席などでもない。穴が一つあいただけで新しいタイヤと取り換えるというやり方は納得できない。ただでさえ地球がゴミの山に変貌しようとしているのに、タイヤを焼いて毒のあるガスを発生させ、新しいタイヤを生産して電力を無駄遣いするのは無責任過ぎるという気がした。こんなことならフライブルクでパンク直しセットを一生分買いだめしておけばよかった。

「新しいタイヤは地獄の針の山を走っても穴があかないくらい性能が高いんでしょうね」

つい皮肉を言ってしまった。

「もちろんです。それでは自転車を中庭に入れてください」

にこりともせずにそう答えて若い店員はドアを押さえたまま中庭を指さした。なんだ、運んでさえくれないんだ。客に自転車を中庭まで押していかせるのがこの店のやり方なのか、それともこれはわたしの皮肉なコメントへの仕返しなのか。

店の中はカラフルなヘルメットやバッグなどで溢れていた。ガラス戸を通して見える中庭には自転車が数台とめてあり、作業服を着た青年が初老の男と肩を寄せ合って親しげに話し込んでいた。わたしは自転車をとめて、シマカザリハチドリから引換券を受け取った。その時、青年と話をしていた男が顔をあげ、わたしはあっと叫んだ。Mさんだった。

「偶然ですね。どうしてここに?」

Mさんは数歩わたしの方に歩み寄りながら言った。

「タイヤがパンクしているんです。まだ越してきたばかりで、他の自転車屋は知らないのでここに来ました」

わたしはこの店に来たことを弁明しなければならないような答え方をしてしまった。

「紹介します。こちらはハッサンです。こちらはミサ」

わたしに近づいて手を差し出したハッサンという青年は十八歳くらいだろうか。作業服を着ているところを見ると、この自転車屋で働いているのだろう。縮れた黒い髪と肌。Mさんはハッサ

ンの腕に軽く触れて別れを告げるとわたしの顔を見て、

「これから家に歩いて帰るんですか。それならお伴しますが」

と言った。店の中からシマカザリハチドリがわたしたちの方をじっと観察していた。なんだかMさんの邪魔をしてしまったようで気がひけて断ろうと思ったものの、いっしょに家に帰れば、先日の頼み事というのが何なのか話してくれるだろうと思うと好奇心を抑えきれなかった。さっさと歩き始めたMさんを追うようにわたしも店を出た。

「わたしはハッサンの相談役を引き受けているんです。まさか自分にそんなことができるとは思わなかった」

「相談役ってどんなことをするんですか」

「ハッサンは未成年でアフガニスタンから一人で逃げてきたのです。仕事も住居も見つかったのですが、まだまだいろいろ難しい問題があるので、週一度、相談にのっています。このところしばらく旅に出ていて来られなかったので、今日は謝りに来ていたんです」

「旅行ですか。どこへ行っていたんですか。東プロイセンですか」

と冗談混じりに今は存在しない「東プロイセン」という地名を使った。Mさんはにこりともせずに訂正した。

「ポーランドです。でもその話は今度しましょう。それより、この間わたしが言っていた頼み事なんですが」

いよいよ来た。わたしは息を呑んだ。

「市の図書館、ご存じですか」

「いいえ。まだ行ったことがありません。本は大好きなので、すぐにでも行ってみたいです。もし、そこで借りたい本があるなら、わたしが借りてきますよ」

「そうではないんです。その図書館の裏にまわったところに中国語の看板が出ています」

「それを訳してほしいということですね」

「そうではないんです。そこに書かれている内容は理解できました。なにしろドイツ語で横に意味が書いてあるのでね。実はわたしの親友がそこがすごく気に入って毎週通っていていつもその話をしていたんで、いつかいっしょに行ってみたいと思っていたのですが、彼は最近急にミュンヘンに引っ越してしまったんです。一人で行く勇気はない。それでいっしょに行ってもらえないかと思って」

「一人で行くのは危険な場所ですか」

「いいえ、危険ではないのですが、全く前知識がないので不安なんです」

「あ、もしかして腰痛を治してくれる中国の鍼《はり》のお医者さんでしょう？　鍼は刺されても痛くないですよ」

「鍼ではありません。少しずつ近づいていますが」

「近づいている？」

「太極拳です」

全く予想していなかった方向からゆるいボールが飛んできた時のようにわたしは両手を軽く持ち上げた姿勢でぽかんと立っていた。

「お嫌いですか？」

「いえ、全く嫌いではありません。というか、好きかどうか、考えてみたことさえありません」

「それじゃあ、今考えてみてください」

「好きになれそうです」

「いっしょに行ってくれますね？」

「少し考えさせてください」

「もちろんです。ゆっくり考えてください。急ぎませんので。お仕事も忙しいでしょう」

「いいえ、翻訳の仕事はそれほど忙しくもありません。その他に趣味で訳している文学作品があって、その方が忙しいくらいです」

「どんな文学作品を趣味で訳しているんですか？」

「これから訳そうと思っているのは、クライストの書いた短篇《たんぺん》なんです」

「『ロカルノの女乞食《こじき》』ですか？」

図星だった。

「どうして分かったんですか？」

「さあ。何となく。クライスト全集は持っていますか」

「いいえ」

「それなら全集をお貸ししましょう」

重い全集本を山に積み上げて運ぼうとしてぎっくり腰になるMさんを思い浮かべ、あわてて断ろうとしたが、わたしたちはすでに家の前まで来ていて、Mさんは家の中にするっと入ってしまった。

ドアのところで待っていると出てきたMさんが持ってきたのはたった一冊の本だった。よく見ると二冊のペーパーバック版が一つのサックに入っている。

全集というので全二十巻くらいの量を想像していたわたしは、実はクライストのことなどまだほとんど知らないのだった。

「コーヒーを飲んで行きますか」

「いいえ、今日は帰ります」

「それじゃあ太極拳のこと、考えておいてください。本を貸してあげたんですから、これは交換貿易です」

太極拳とクライストを取り替えるとは奇妙な貿易になりそうだ。

わたしは家に帰って机に向かうとサックから二冊の本を出して、ぺらぺらとめくってみた。肖像画に描かれたクライストは髪が薄く瓜実顔《うりざね》で、身体の弱い子供のような顔をしている。生まれは一七七七年で七が続くから数字だけ見ると縁起が良さそうだが、三十四歳で自殺している。二冊の本の中にクライストの書いたすべての小説、戯曲、そして手紙までが収録されている。辞書のように薄い紙にぎっしり活字がつまっていて、ページ数はどちらも千ページを超えていた。「ロカルノの女乞食」を探して目次を見ていると、「聖ドミンゴ島の婚約」という短篇小説のタイトルが目に入った。大学で「ドイツ文学におけるラテンアメリカ」というゼミに参加した時に読んだ作品だった。討論に夢中になって上気したパウラとロベルトの顔が浮かんだ。

クライストの「聖ドミンゴ島の婚約」は確か、ハイチを植民地化していたフランス人に対して黒人奴隷たちが一揆を起こした時に、一揆の先頭に立った男をめぐる話だった。クライストは人権を勝ち取る戦いとしてこの蜂起を描いている、という意見と、いや、ただの暴力事件として描いている、という意見がゼミの中で対立し激しい議論が巻き起こった。パウラが「登場人物の黒人が衝動に突き動かされて行動する非理性的な存在として描かれている」と怒りに眼を潤ませて発言したことも覚えている。確かそのへんから議論がますます白熱化していったのだった。「クライストの他の小説には理性ではなく衝動で行動する白人も出てくる。たとえば、ミヒャエル・コールハースとか。だからクライストが黒人を差別しているとは言えない」というような反論をしたのは、お父さんが建築家だという金髪をきれいに結った女性だった。名前は忘れてしまった。それに対し、「クライストにとって白人というものは存在せず、プロイセン人としてスイス人を描いている」と発言したのはアメリカから来た留学生だった。彼のドイツ語は訛《なま》りが強かったが話し方が堂々としていた。わたしはこれといった意見を持たない自分を情けなく思った。

「ロカルノの女乞食」は本当に短い作品で、細かい字でぎっしり印刷されていることもあって三ページに収まっていた。さっそく訳し始める。

まず通読してから翻訳を始める人も多いだろうがわたしはいきなり鉛筆で罫《けい》のない紙に初訳を書きながら読み進む。デッサンをしている画家気取りで、細部の輪郭を探しながら線を重ね、線の間からふいに大きな風景が浮かび上がってくることを期待している。鉛筆が紙の繊維につかえて濃さを増すと、かすかに興奮し、筆圧がますます上がる。

「アルプス山脈の麓《ふもと》、イタリア北部ロカルノの近くに、ある侯爵の城が、ゴットハルトの方面から来ると、残骸と瓦礫の中に姿をあらわす」

この文章はどうもすっきり頭に入ってこない。「ゴットハルトの方面から来ると」を冒頭に持っていった方がいいのかもしれない。そうすると、こんな文章になる。

「ゴットハルトの方面から来ると、アルプス山脈の麓、イタリア北部ロカルノの近くに、ある侯爵の城が残骸と瓦礫の中に姿をあらわす」

ゴットハルト峠はドイツ語圏とイタリア語圏を隔てる境界にあり、今ではトンネルがあるので、列車に乗ってトンネルを抜けた途端に風景が変わったのを覚えている。まだフライブルクに住んでいた頃だった。ミラノで靴屋の修業を始めた高校時代の同級生が遊びに行けば部屋に泊めてくれるというので一人で電車に乗ってでかけていった。ミラノの思い出は明るくて暗い。太陽光が降り注いでいたがその光にはどこか恐怖を感じさせるところがあり、高校時代の同級生が教えてくれた住所を探しているうちに人通りのない道に迷い込み、不良少年にナイフで脅され財布をとられた。帰りの列車がトンネルに入った途端にイタリアの眩しい光が帳消しになり、トンネルを抜けるとまだ秋なのに雪でも降りそうなどんよりした空が現れてほっとした。なんだか新潟に行く時に通るトンネルと似ていた。新潟には親戚がいたので上越新幹線には何度も乗った。

　和服を着流して縁側にすわっている川端康成の写真がふいに思い浮かんだ。「国境の長いトンネルを抜けると」という『雪国』の冒頭は自然だが、「ゴットハルトの方面から来ると」はどうしても変で、「ゴットハルト方面から入る者の目の前には」と書いてみたが、これもすわりが悪い文章だった。わたしは溜息をついて机を離れた。

　部屋の中を歩きまわりながらロカルノの城を思い浮かべた。瓦礫の中に建つ崩れかけた城。しかしあまり壊れていたのでは侯爵も住めないだろうから、国破れて山河在り、というほど廃墟にはなっていないのだろう。戦後のベルリンのどこまでも廃墟が続く風景を撮った写真を見たことがある。廃墟でも春が来ると草花はためらいなく生い茂るのだろうか。春の日差しに照らされた額にうっすら汗を浮かべ、レンガを集め、焦げた材木をきちんと一列に並べている少年の姿が見える。子供時代のMさんだ。脚の長い痩せた少女が近づいてきてMさんの頭を撫《な》でる。後に建築家になった姉のニコラ・ミーネンフィンダーさんだ。

　わたしは幻想を振り払うように首を激しく左右に振り、「ロカルノの女乞食」の続きを読んだ。

「城には天井が高く広々とした部屋がいくつもあるが、その中の一室には藁が敷かれ、老いた病気の女が横たわっている。扉の前で物乞いしていたのを家の女主人が可哀想に思って中に入れてやったのだった」

この老女がMさんのお母さんだったと想像してみた。いや、そんなはずはない。Mさんのお母さんには家族がいた。クライストの小説に出てくるこの老女には頼る人がいない。お金もなく、頼る人もなく、医者にかかることもできず、肺炎にかかって、お情けで他人の家の片隅に寝かせてもらっている。生きているのが嫌になってしまうかもしれない、とつい思ってしまってからはっとする。本人は死ぬつもりなど毛頭ない。恥も外聞も捨てて物乞いし、必死で生命の炎をつないでいる。寒ければなるべく暖かいところへ身を寄せる。食べ物を侯爵夫人が恵んでくれればそれを夢中で食べる。老女と言っても当時の寿命から考えるとせいぜい五十歳前後だろう。今の時代なら第二の人生について考え始める年齢だ。

「城主の侯爵が狩りの帰りに偶然、いつも猟銃を置くことにしているこの部屋に足を踏み入れ、邪魔だからどいて暖炉の後ろにでも行くようにと老女に命じた。女は立ち上がったが、床がつるつるだったので杖ごと滑ってころんで、腰の骨に命にかかわる大怪我をした。それでもあらんかぎりの力を振り絞って立ち上がり、言われた通り部屋を横切って暖炉にやっとたどりついたが、そこで深く息を吐き、ああっと声を上げて倒れ、そのまま死んでしまった」

わたしは物語の入り口でいきなりロカルノの女乞食が死んでしまったことに動揺し、幽霊のようにふわっと立ち上がった。コートを着ると身体に少し重さが戻って来て安心感を覚え、そのまま外に出た。幽霊は外出する時にコートを着たりはしないだろう。

冷気が頬と額を洗うのが快かった。散歩に行こう、と独り言を言ってみた。どこへ行ったらいいのか分からない時には、これは散歩なのだから目的地がなくてもいいのだ、と自分自身にわざと言い聞かせる。

わたしは住宅の窓を見上げながら歩くのが好きだ。ガラスに夕日が反射して室内は見えない。二階の窓が開いて頭にタオルを巻いた女性が首を出して空を見上げた。わたしは歩き続けた。次の建物の地上階の窓が開いて子供が上半身を乗り出し、「ルカ!」と呼んだ。スケートボードを脇の下に抱えてわたしの前を歩いていた少年がそれを聞いて振り返ったが、手を振っただけで窓辺の友人のところに歩いて戻ろうとはしなかった。車道にゆっくり車が滑り込んできて、男がズボンの脇で手を拭くような仕草《しぐさ》をしながら車を降り、トランクを開けてミネラルウォーターが一ダース入ったケースを取り出した。ハンドルの前には小さな熊のぬいぐるみが置いてある。

「一人暮らしですか」とフライブルクではよく訊かれた。「いいえ、夫といっしょに暮らしています」と答えると相手はその瞬間からこちらを大人扱いする。その度にわたしは後ろめたさを感じた。もし夫の早瀬がフライブルクに留学するという話がなかったら早瀬と結婚さえしなかっただろう。わたしは好奇心と冒険心が旺盛だっただけで、家族をつくるとか一人の人間と結びつくということについて深く考えたこともなかった。安定した生活がほしかったわけではない。早瀬がもし一流企業の社員だったら、家庭に入って母としての義務を果たす将来が絵巻物のように目の前に展開して逃げていただろう。逆にもし早瀬が一文無しの冒険家で南米を何年かいっしょに放浪しよう、と誘ってきていたら、これも又断っていただろう。家に財産があり、大学という組織に属している講師が奨学金を手に入れて何年かフライブルクへ行くのに同伴する、という話はわたしにとって安全に冒険できる都合のいい話に思えたのかもしれない。

わたしは美人だと言われたことは一度もなく、一番誉められたところで猿飛佐助と似ているという程度の評価だった。早瀬もわたしの顔を誉めたことはなく、性格を誉めたこともなかったが、なんらかの理由でわたしに恋しているようだったので、どうにかなるだろうと思った。

ところがドイツに来たせいか、結婚したせいか、フライブルクに着いてしばらくするとわたしの顔は変わってきた。他人のものとしか思えないような若い女の欲望が目鼻口の中から花を咲かせ、人目につくようになった。化粧もほとんどしておらず、身に付けているのはTシャツとジーンズが多かった。それなのに外に出れば声をかけられ誘われる。中学、高校、大学とこれまで一度も目立ったことのなかったわたしはとまどった。町中を歩いていても、ちょっとしたパーティに呼ばれていっても学会に出ても、わたしはますます目立ち、早瀬は色褪せていくようだった。

知らない人に話しかけられるとわたしは潑剌《はつらつ》と答え、好奇心から相手のことを遠慮なく聞きだして、ドイツ語自体は未熟でぎこちないのに会話ははずんだ。早瀬は逆にどんどん無口になっていった。日本に住んでいた頃の早瀬は教授に期待され、先輩には可愛がられ、後輩には慕われ、女性たちには安心感を与えていた。ところがドイツに来てからの早瀬は、劇場の倉庫の片隅に置き忘れられた小道具のようで、それが何という芝居に使われていたのか、わたしさえ思い出せないのだった。

ある時、早瀬の大学の知人に呼ばれてガーデン・パーティにでかけて行くと、緑の濃いアイシャドーを塗った男や、坊主刈りで厚化粧の女、犬を五匹も連れたカップルや、細い金髪を腰まで伸ばした中年太りの男など、色とりどりの人たちが集まっていた。わたしはカーニバルを見物に来た観光客のようにきょろきょろしていた。すると、筋肉質の胸や腹にぴったり張りつくような黒いワイシャツを着た男が近づいてきた。映画を撮っているのだ、と自信ありげに語る男はロルフという名で、東アジアから来た観光客を演じるエキストラが一人必要なので映画に出ないかと誘ってきた。わたしが迷っていると、他にも知り合いはいるから断ってもかまわない、と急に冷たい表情になってそっぽを向いた。わたしはあわてて承諾した。

映画といっても小規模で、エキストラのわたしの他に、とりあえずは自称プロの男優が一人いるだけだった。カメラチームはロルフの他にカメラ、音響担当が一人ずつに助手が一人という四人から成り立っていた。

わたしが演じるのは携帯電話のカメラでフライブルクの大聖堂の写真を撮っている観光客だった。そこに現れた主人公の男が「絆創膏《ばんそうこう》持っているか」と英語で尋ねる。英語といっても絆創膏を英語でどう言うのか知らないのでその部分だけがドイツ語になっている。東アジアから来た観光客は質問の意味が理解できずに首をかしげる。しかたなく主人公の男がジャケットの前をあけて見せると、Tシャツのお腹の部分が血で真っ赤に染まっていて、わたしが悲鳴を上げる、というシーンだった。おそらくハードボイルドのパロディだろうと思って軽い気持ちで引き受けた。

いよいよ撮影の日が来た。わたしは自分ではリラックスしているつもりだったが身体の芯が緊張していたのだろう。大聖堂に近づいていく時に、派手に躓《つまず》いて両膝を音がするほどひどく打って、ばったりうつ伏せに倒れたまましばらく身を起こすことさえできなかった。偶然まわりにいた人たちが集まってきた。誰かが携帯電話で救急車を呼んでくれたのだろう。わたしはあわてて立ち上がろうとして、また派手に倒れてしまった。

偶然カメラに収められたそのシーンが面白いということで、監督のロルフはストーリーを変更する、と言い出した。今思い出すと、監督はわたしの怪我のことなど全く心配していなかった。頭にあったのは自分の映画のことだけで、そのままではストーリーがあまりにもお粗末なので、常に新しい展開を無意識に探していたに違いない。ロルフは一時も自分の才能を疑うことのない人で、自分のアイデアが凡庸でも運命が手助けしてくれるに違いないと確信し、運がいいのも才能のうちだと考えていることが後で分かった。

即席ででっちあげられた新しいストーリーでは、転んでしまったわたしをたまたま通りかかった若い外科医が助けてタクシーで自分の病院に運び込むことになっていた。

わたしが外科医に「最近、なぜか転びやすい」と話すと、外科医は大学病院で働いている同僚にすぐに検査を頼んでくれて、わたしの演じるまだ名前もないヒロインは実は筋肉が萎縮していく不治の病気にかかっていることが判明する。わたしの演じる女性はそんな風にして、安っぽい悲劇の主人公に祭り上げられてしまった。

ロルフが行き当たりばったりで話の筋を決めていくので、ベールトという名の助手はさぞ大変だろうと思ったが、ロルフより十センチ以上も背が高く熊のようにのっそりして眼鏡をかけたベールトはロルフにどんな無理を言われても、あわてず不機嫌にもならず、ロルフの話をじっと聞き、できる限りそれが実現されるように全力をつくすのだった。ロルフが我が儘な子供で、ベールトは歳がずっと離れたやさしい兄のようにも見えた。

ロルフが「本物の医者が一人必要だ。それからロケは本当の診療室でやりたい」と突然言い出した時もベールトは文句を言うのではなく、かつての級友が医者をやっていることを思い出して、電話して診療室を撮影に使わせてもらえないか、できれば医者役を演じてくれないか、とまで頼んだ。

ロルフが「車椅子が必要だ」と言い出した時も、ベールトは落ち着いた様子でまず何店か医療器具販売店に電話してみたが、車椅子を貸してくれるという店はなかった。そのうち「車椅子サークル」のサイトを見つけて電話してみると、車椅子について知りたい人はとりあえず大歓迎ということで、ベールトとわたしがでかけていくことになった。

車椅子サークルは、車椅子を使っている人たちが集まっていっしょにコーヒーを飲み雑談するところから始まったそうだ。好きな音楽や小説の話、アスパラガスの新しい料理法などの話もするが、駅のバリアフリーの状況や行きやすい喫茶店などについて、よい情報交換の場になった。そのうち、パラリンピックの選手を個人的に知っているという人がいて招待して話を聞くことになり、自分たちだけが聴衆ではもったいないということで一般公開して講演会を主催した。そのへんから集まりは盛り上がりを見せ、「第六車輪」というサークルの名前もできた。

ドイツ語では余計者のことを「車の第五の車輪」という。自動車には四つ車輪があれば充分なので五つ目は余計者というところから出てきた表現だが、六つ目の車輪があれば、大きな石のころがる荒野の道なき道を走ることもできる。現に車輪六つで走るジープがあるそうだ。

サークル「第六車輪」の番号に連絡するとスージーという女性が電話に出て会ってくれた。製作費のほとんどない映画だが車椅子を使いたいとベールトが話すと、スージーは目を輝かせて映画の筋を知りたがった。わたしはロルフの考えたキッチュな物語が少し恥ずかしかったがスージーは熱心に耳を傾け、自分がロケ現場に車椅子で出向いて、その椅子をわたしに貸し、乗り方も指導してくれると言った。それをきっかけにわたしとスージーは少しずつ親しくなっていった。

車椅子の扱いは意外に難しかった。スージーは落ち着いて丁寧に教えてくれたが、監督のロルフはイライラして、不器用だとか、理解力がないとか、わたしを侮辱し始めた。わたしも黙っていられなくなり、つい皮肉を言った。

「労働時間、かなり長くなってますよね。ギャラ、期待していますよ」

こちらは痛いところを突いたつもりが、ロルフの方は全くこたえなかったらしくへらへら笑いながら、

「平均的な顔だからという理由で選んだ素人にギャラを払う予定はないね。ギャラというものはプロの女優しかもらえないんだよ」

と憎まれ口をたたいた。

わたしはこの瞬間腹が立つよりも、この人には全く気を使わなくてもいいんだ、何を言ってもいいんだ、という解放感を生まれて初めて味わい、箍《たが》がはずれてしまった。

「わたしの顔が平均的なのは分かっています。でもあなたのシナリオは平均をかなり下回っています」

これは幸い少しこたえたようで、ロルフはうろたえた素顔を一瞬見せて、

「このシナリオのどこがわるい」

ときつく訊きかえした。

「怪我した女性と助けた外科医の間の恋なんてステレオタイプでしょう」

「ふん、自分がロマンチックな恋物語のヒロインになったつもりでいるのか。外科医はお前に最初は同情しているがそれも急速に冷めて、百歳の大富豪の男に売りとばすという筋なんだよ」

「そう。それなら、さようなら。観光客の役を演じる約束はもう果たしたし、ギャラも出ないな

らもう用はない」

そう言い残してその日はそのまま別れた。家に帰ってその話を早瀬にしても、疲れた目をしてうんうんと頷くだけでロルフに腹を立てることもわたしに同情することもなかった。研究者としての自分の将来のことで頭が一杯だったのだろう。わたしの方も早瀬がこの時どんな研究をしていたのかさえ知らなかった。

驚いたことにロルフは翌朝電話してきて、喫茶店で話をしようとしんみりした声で言った。朝なのでわたしは頭の中がさわやかだったせいか、ロルフの声も清らかに聞こえた。喫茶店に入るとロルフはもう来ていて、しかもいつもの黒ではなく、明るいブルーのワイシャツを着て弱々しい笑みを浮かべていた。わたしが席に着くと黙ってノートを差し出した。意外に丸みのある字が鉛筆で書かれていた。

「これが新しい脚本だ。徹夜で書いた。今すぐ読んでくれ」

わたしの演じるヒロインは病院に二週間入院することになり、同じ病室になった二人の女性と言葉を交わすようになる。一人は運転中にトラックと衝突、下半身に重度の骨折を負ったがそれ以上に子供を事故で失ったことで激しく苦しみ、もう一人はハイキング中に崖から転落、脊髄《せきずい》損傷で四肢麻痺に苦しんでいた。

主人公は主治医に淡い恋心を抱いたまま、退院すると日本に帰っていくという筋で、ラストシーンでは空港の建物の中で又ころびそうになり、とっさに支える外科医と微笑みを交わして、そこで映像がストップする。確かそういう筋だった。ふん、今さらそんないい子ぶったシナリオを書いても一度阿修羅になったわたしの怒りを鎮めることはできない、と思った。ロルフは風邪で熱を出した時のような潤んだ目をして、肩から下は妙にまったりしていた。

「まあ、この脚本の通りなら、わたしはいいけど」

と気がつくとわたしは譲歩していた。

これからは筋を変更する時には必ず許可を求めるので契約書にサインしてほしいとロルフは頼んだ。契約書には撮影が終了した日から一ヶ月以内に謝礼を払うと書いてあった。そしてその金額はドイツの高校の教師の月給に相当するものだった。わたしは半信半疑で契約書にサインした。それからもロルフとは撮影中に何度か言い合いになったが最終的には喧嘩《けんか》別れすることもなく、無事撮影も終わって謝礼も振り込まれた。ロルフ監督はその映画でフライブルクのアンダーグラウンド映画新人奨励賞を受賞し、次の映画を撮る資金もできた。もちろん前の映画と同じで、カメラと音響一人ずつに助手一人、出演者はなるべく無料で出てくれるエキストラと俳優学校で勉強中の知人に頼るという低予算のプロジェクトだったが、また出演してほしいと頼まれて、わたしは嫌な気はしなかった。

わたしが演じるのはベルリンのある高級住宅で一人暮らす三十代後半の日本人女性ハルカで、大富豪だった夫の遺産を相続して経済的苦労はないが孤独に悩み、インターネットの結婚詐欺にひっかかってしまう。出会い系サイトで知り合った相手の男は、フライブルクに住む事業家で趣味はルネッサンス絵画の収集ということになっている。写真の中の男は、居間のソファーに足を組んですわってカメラのレンズに向かって微笑んでいる。事業家にしては俳優のように派手だし、絵画を集めているにしては筋肉が鍛えられすぎていた。

フローリアンと名乗るこの男は一度ハルカに会うためベルリンに行く約束をするが、フライブルク近郊にあるバーゼル＝ミュールーズ空港で掏摸《すり》にあって携帯や身分証明書を盗まれたので行かれない、と当日連絡してくる。ハルカはその日は諦める。しばらくオンライン上のやりとりがあり、その頻度が増していくに従ってハルカは彼からの次の連絡が待ち遠しくて、心臓の鼓動が激しくなり、それを恋と勘違いする。

しばらくしてフローリアンから又ベルリンに来るという知らせがあり、ハルカはその日をひたすら楽しみにしているが当日になるとフローリアンの母親が道でころんで股関節を骨折し入院したので行かれなくなったと連絡が入る。ハルカは居ても立ってもいられなくなり、フローリアンには何も言わずに航空券を購入し、数時間後には空を飛んでいる。

フライブルクはドイツの南西の端にある町で、フランスとの国境はもちろんのこと、スイスとの国境も近い。フライブルクには空港がないので、スイスのバーゼルとフランスのミュールーズとドイツのフライブルクとで共有するユーロエアポートを使い、ハルカはそこからバスでフライブルク中央駅に移動することにした。

わたしはハルカの役を演じることを承諾したついでに、それほど一般的ではない「ハルカ」という日本人女性の名前をどこで知ったのかロルフに訊いてみた。するとそれはイタリア産の米のブランド名だと言われ、なるほどと思った。

ドイツでは確かにイタリアで育てられた日本の品種の米が何種類も売られていて、日本語のブランド名が付いている。わたしが買っているのは緑のキモノを着たサムライの絵の付いた「ヒノデ」だが、「ハルカ」や「ハナビ」というブランド名の米も目にしたことがある。確かに日本語の単語ではあるが、どこかほのぼのとずれている。

映画の撮影が始まり、ハルカがユーロエアポートに到着する場面を撮影する日、早瀬はわたしをロケ地まで送ってくれた。送ってくれたといっても車を持っているわけではないので、駅からバスで同行してくれただけだったが、それでもこんなことをしてくれたのは初めてだった。

早瀬と並んで到着したわたしをロルフが不審そうな顔で見ているので、「夫です」と紹介するとロルフは目を大きく見開いた。最初にパーティで出逢った時から早瀬の存在は知っているものと思っていたが意識になかったようだ。

早瀬はカメラマンの後ろに立ってめずらしく腕を組んだ姿勢でしばらく撮影風景を眺めていた。ロルフは、「カメラに妻を奪われないように見張る夫」などとわたしの耳元で囁《ささや》いた。早瀬はそれには気づかずに一時間ほどすると、仕事があるからと断って帰っていった。

その日の撮影が終わるとロルフがビールを一本だけ飲んで帰ろうと誘ってきた。煙草のにおいの染みついたバンに乗って空港からフライブルクの町中に戻り、ある酒場の前で降ろしてもらった。奥にはビリヤード台があった。

ビールが来てわたしが乾杯しようと小ジョッキを持ち上げると、ロルフはつまらなそうに自分の大ジョッキをわたしの方向に持ち上げたが、ガラスとガラスは触れあわなかった。

「あの男はオーラがゼロだ、君たち夫婦は釣り合わない」

とロルフが言った。わたしは自分が間接的に誉められたことに気をよくして特に抗議しなかった。

「アンバランスだと気がついても別れられないのは臆病だな」

と言ってロルフが目を細めたので、わたしはそこで初めて挑発されたように感じて言い返し、ロルフはますますムキになり、わたしはロルフをとっちめたくなり、激しい言葉のぶつけあいに発展していった。ビリヤードをしていた男女がプレイを中断し、キューを斜めに抱えて心配そうにこちらを見ていた。そのうちわたしはヒューズがとんで、これ以上話をしても意味がないとか何とか叫んで、鞄を鷲づかみにして家に帰ってしまった。早瀬に対しても他の人に対してもそれまでこんな風に怒りを見せたことはなかった。自分が自分ではなく外国映画の登場人物になってしまったような気がした。

確かそれから数日たってからのこと、早瀬が大事な話があるから、と言って濃い緑茶を煎れてくれた。嬉しさを真面目さで上塗りして隠すような表情の早瀬から打ち明けられたのは、関西の大学に職があるという話だった。帰国という言葉を早瀬は重々しく発音したが、わたしはなぜか

ＫＩＫＯＫＵとアルファベットで思い浮かべてしまい、Ｋが三つも続く単語はめずらしいと思ってすぐに、しかし「過酷」も「価格」もローマ字で書けばＫが三つ続くのだ、とどこまでも脱線していった。

フライブルクで暮らした年月は早瀬にとっては長過ぎた間奏曲だったが、わたしにとっては前奏曲が終わり、やっとドイツで暮らす面白さが見えてきて、これからという時期だった。

関西に住むことは長年の夢ではあったが、まだドイツを離れたくない。あと一年くらいドイツに居残れば、思ってもみなかったような展開があるような気がしていた。

わたしは早瀬に、日本へ戻る前に少しベルリンで暮らしてみないかと提案してみた。せっかくドイツで暮らす機会を得たのにフライブルクだけで終わってしまってはもったいない。今少し冒険してみたい。将来もうこんな機会はまわってこないだろう。わたしの提案に早瀬は少し心を動かされたようで、キコクという響きをなぞるように固まっていた表情が次第にほぐれ、いつの間にかベルリンというベルをちりんちりんと鳴らして笑える遊び顔が現れていた。

「実を言うと、ベルリンに一学期滞在するプログラムがあって、そこに応募してみようかとも思ったんだ。でも今は時間を無駄にしている場合じゃないから、その話はすぐに忘れようとしたんだけれども」

「遊ばなければ長い目で見れば学問も育たないと言っていたでしょう」

「まあ、それはそう思うんだ。日本の先輩はまじめだから、そんなことは言わないけれど」

早瀬は、わたしの提案がなければその話を無言で握りつぶしていたのだろう。わたしは曇りない笑顔ではしゃいでみせたが、自分の運命がどれほど早瀬の一存で決まってしまうものかということを実感した。早瀬の気が変わっては困るので、わたしは早速ベルリンの住居をインターネットで探し始めた。上手《うま》くいけば早瀬はベルリンがすっかり気に入って、そのうち雑多な国際都市の雰囲気に肌が馴染《なじ》み、日本社会で人間関係に細かく気を使いながら生きるのが面倒くさくなり、このままベルリンで生きていこう、と言い出すかもしれない。

ベルリンに滞在するプログラムにぎりぎりで応募し、奨学金がもらえることになった。治安は悪い地区だが家賃の安い住居も見つかった。こうしてわたしたちは小さな大学町フライブルクから、ベルリンのクロイツベルクという地区に引っ越すことになった。

ベルリンに来て一ヶ月たつと早瀬は、「なるべく早い時期に日本に戻ろう」と言い出した。関西にある大学で仕事が始まるまでまだ数ヶ月あるのに早瀬はインターネットで住むところを探し始めた。それまでは日本との連絡はすべてメールですましていたのに週に一度は実家に電話し始めた。

わたしは焦って自分だけもう少しベルリンに残らなければならない言い訳をつくるために、全く出演したくない映画のエキストラに応募して採用され、早瀬にはこの映画にだけはドイツ最後の思い出に出演したいから先に帰国していてほしい、と頼んでみた。

やがて早瀬は日本に去り、わたしはそのままベルリンに残った。あれからもう十年たってしまった。昔のことを思い出すのは決まって散歩の途中、知らない人たちの住む家の窓の灯《あか》りが目に入る時だ。日が暮れて通りが暗くなるとカーテンをしめていない地上階の室内がそっくりそのまま見える。テーブルに身を乗り出して何か言っている女の子、紅茶ポットを傾ける若い父親と、ナイフを手にケーキを切り分ける年上の妻の姿。わたしとは何の関係もない人たち。でも自分が窓ガラスの向こうで紅茶を煎れるあの男性として生まれずにこの自分として生まれたのは単なる偶然かもしれないのだ。性も国籍も偶然与えられたものであるとしたら、このわたしの特色はどんなところにあるのだろう。

わたしの靴はいつの間にか帰路を選んでいた。家のすぐ前まで来ると、隣の家の窓から黄色い灯りが外気に溶け出していた。Mさんは一人で夕飯を食べているだろうか。

太極拳学校へいっしょに行ってほしいとMさんに頼まれたわたしには、それを断る理由はなかった。Mさんはわたしがそもそも太極拳をやったことがあるのかどうかさえ尋ねなかった。東アジアの武術だからわたしが知っていて当然だと思ったのだろうが、日本では太極拳が何百年も前から知られていたわけではないし、それなら他の武術やそれに類するものをやったことがあるかと言えばそれもない。

考えてみると不思議ではある。小学校から高校まで、体育の授業ではバスケットボール、バレーボール、ソフトボール、テニス、サッカーなど世界のいろいろな球技を教えてもらったのに、どういうわけか太極拳、テコンドー、弓道、相撲などアジアで生まれたものはそこに含まれていなかった。男子は中学校の体育の時間に柔道をやっていたこともあったが、女子は部活動でもしなければ武術を体験することはできなかった。

わたしは北京の公園で太極拳をしている人たちをテレビで何度か見たことがあった。スローモーションビデオのようだと思ったのは、一人一人の動きがゆっくりしているだけでなく、なんだか空気の流れや背後の木立の枝の動きまでそれに合わせているように見えたからだった。

ところが改めてインターネットで太極拳の映像を探してみると最初に出てきたのは、剣で勢いよく宙を切る女性だった。全体の動きは遅いが、ふわふわしたところはなく、剣と身体の描く線は迷いがなく鋭い。見ている方は、その剣ですっぱり切られてしまった感じがする。よく見ると、漢字の変換ミスで「太極剣」で検索していることに気がついた。太極剣も太極拳のうちだということはこの時はまだ知らなかった。

それから三日ほどして呼び鈴が鳴り、出てみるとMさんだった。中に入るよう勧めても遠慮してドアの向こうに立ったままMさんは、

「明日、例の太極拳学校で初心者体験入学をやるようです。行ってみませんか」

と真剣な顔で尋ねた。太極拳をやりたいというMさんの気持ちが思ったよりも切羽詰まったものであることに驚きながらわたしは、

「いいですよ。行きましょう。実際にやってみるのが一番ですものね。それでもし気に入らなか

ったらやめましょう」

と答えた。明日の夕方五時に迎えに来ます、と言い残してMさんが去り、わたしはソファーに腰を下ろすと急に自分をもてあました。なんだか嫌な記憶が部屋の隅から悪臭のように立ちのぼってきそうな予感がした。

フライブルクに住んでいた頃、近所にヨガを教える女性が住んでいた。女性の顔や姿形を批評することのない早瀬も彼女を見るとすぐに「魅力的な人だね」と言った。猫のようにずるそうな身体をしていて、ピーナッツ形の顔は小さかった。一度視線が合うと、その眼の球は人の心を探るようにどこまでもこちらの心を追ってまわる。彼女の姿が遠くに見えるとさっと逃げるわたしは鼠だった。それでも猫はふいに目の前に現れてわたしを捕まえて会話を強いた。

わたしが密かに「夜蛾《よが》」という漢字を当てはめて呼んでいたこの女性はフライブルク生まれのドイツ人だが、ムンバイに一ケ月滞在したことがあるので自分はアジアを深く理解している、と断言した。ムンバイと埼玉だけでなく、マニラもヤンゴンも上海もウルムチも、それどころかトルコの一部まで含む巨大にして混沌としたアジアを思い浮かべようとして戸惑っているわたしを無視して彼女は、「アジアでは人は肩の力を抜いて生きている。ヨーロッパ人はいつも対戦の構えをしているので病気になりやすい。わたしはヨーロッパ人だが例外だ」と言い放った。わたしの肩は彼女と言葉を交わしているだけで凝ってしまう。もし力を抜く方法があるなら教えてもらいたいくらいだった。でも彼女にそれが教えられるとは到底信じられなかった。なぜなら彼女の肩はいつも競争心にいかっていたからだ。彼女はヨガ教室に来ないか、としつこく誘ってきた。この人のせいで、アジアの身体性なるものを誉め称える人への警戒心がわたしの中に芽生えてしまったのかもしれない。

「武」という字を警戒する気持ちはそれ以前からわたしの中にあった。中学生時代に体育館の脇の裏道を通ると、吠《ほ》えるような掛け声、挨拶、叱咤《しった》、軍隊式の返事が聞こえてきた。剣道だったかもしれないし、柔道だったかもしれないし、時には空手だったのかもしれない。もしもこれから行く太極拳学校の先生が軍隊式に怒鳴り散らす人だったら、すぐにやめてしまおう。

翌日わたしはMさんと並んで太極拳学校に向かった。自分がまだMさんの名字を知らず、尋ねる勇気さえないことが心苦しかった。会話の中に、「そうですよね、何々さん」とか「それはね、何々さん、こういうことですよ」と名前を頻繁に混ぜる人がいる。紛れもなくわたしに話しかけてくれているんだな、と感じ、聞いていて心地よいが、こちらも同じように相手の名前を差し挟みながら話せるかというと、なかなかそれができない。

「さっき太極拳学校に電話して訊いたら、何歳でも参加できるそうです。百歳でもいいそうです。障碍があっても、生まれてから一度もスポーツをしたことがなくてもいいそうです」

と言いながらMさんが目の脇に皺《しわ》を寄せて笑った。

わたしも軽いおしゃべりで気分をほぐしたいので、

「生まれてから一度もスポーツをしたことがない人なんているんですかね」

と冗談混じりに言ってみた。

「ここにいますよ。戦後は食料が不足していて、エネルギーを燃焼するためにスポーツをする人はいませんでした。エネルギーは食料獲得と、家を建てることに全部費やしていましたから」

Mさんは時間の閾《しきい》をまたぐ大げさな仕草など見せず、普段の歩幅で終戦直後の時間に入ってしまう。ある程度歳《とし》をとるとこういう技が自然と身につくのだろうか。

「その日使える力が自分にどれだけあるかを冷静に判断して、それを生きるために必要なことだけに使いました。食料確保、家の修理、衣服の洗濯。やることは山ほどありました。現代人は、どうしても余ってしまうカロリーをどうやって消費しようかと悩んで、ジョギングをしたり水泳をしたりする」

「身体を動かすために太極拳を始めようと思ったのですか」

「いいえ。実はよく魔女に腰を打たれるんで、それをどうにかしようと思って」

ドイツ語で「ぎっくり腰」のことを「魔女の一撃」と呼ぶ。

「実はわたしも魔女の一撃には苦しめられています」

あれはフライブルクに住んでいた頃のことだった。早瀬と二人、カルルという学生が家で誕生日パーティを開催するというので呼ばれていった。パーティを開催すると言ってもサラダや安ワインなどを持ち寄って、わいわい騒ぐだけである。

早瀬はまわりの人たちとあまり言葉を交わさず、部屋の隅で一人ワインを飲んでいた。誰かに話しかけられても視線を合わせずに顎でしきりと頷いているだけなので、話は盛り上がらない。わたしは好奇心が強い上、ドイツ語が上手くなければ恥ずかしいという気持ちもなかったので進んで会話に加わり、楽しくやっているうちにドイツ語がすいすいと口から出てくるようになってきていた。

その日もカルルの顔を見るなり、わたしとの間で卓球のプレイのように快活に言葉が交わされた。

飲物を勧められたカルルが別の友人たちの方へ去ってしまうと、早瀬がわたしに「発音だけはいいねえ」と言った。わたしは谷崎潤一郎の『痴人の愛』の中で英語の発音だけは上手いが知性は弱いように描かれているナオミと自分が比べられたようでかちんときた。

しばらくするとカルルが戻って来て、面白い話をした。わたしは必要以上におおげさに笑い、背中を斜め後ろにそらした瞬間、ぎっくり腰になった。痛みからくる顔の歪みに気づかれないようにそろそろとソファーの方へ身体をずらしていって腰を下ろしたが、座っていても痛みはやわらぐことがない。できればエビのように背を丸めてしばらく床に横になりたかった。カルルは幸いわたしの痛みには気づかないまま、ワインを補給するためにソファーの側《そば》から離れた。早瀬が、「大丈夫か」といつもと違う太い声で訊き、ソファーに横になるわたしに手を貸してくれた。異変に気づいて集まってきた人たちに向かって早瀬が、「妻は実は腰が弱くて云々《うんぬん》」などと説明している声が遠くで聞こえていた。自分には妻がいて自分はその妻を守っている、という役割がはっきりしたせいか、その声は落ち着いていた。

「太極拳をやっていると、ぎっくり腰にならないようになるそうですよ」

とMさんが言った。なるほど、わたしは闘う術《すべ》としての武術のようなものを連想していたが、太極拳は自分の骨にかかる重さを少しずつ調節する静かな作業なのかもしれない。

「太極拳学校」と篆書《てんしょ》のような字体で書かれた看板が出ていた。それが本当に篆書なのか、それとも雰囲気だけ似せた現代風のデザインなのか、素人のわたしには判断できなかった。その下にドイツ語で「シューレ・フュア・チゴン・ウント・タイチ」と同じ内容のことが書いてある。この建物はどこかで見たことのある建物に似ている。フライブルク郊外で使われなくなった小さな鉄道駅の待合室を買い取ってアトリエにしていた画家がいたが、あの建物に似ているのだ。Mさんが背後でぽつんと、

「この建物は五〇年代にはダンスホールだったそうです」

と言った。

「ダンスホールっていい言葉ですね。今ではもうディスコという言葉さえ使われなくなりましたが、ダンスホールと聞くと一九二〇年代の絵を思い出します」

「その頃の東京はどうだったんですか」

「東京にもダンスホールがつくられたという話を本で読んだことがあります。でも時代がだんだん戦争の色に染まっていって閉鎖されてしまったと書いてありました」

わたしは太極拳学校の呼び鈴を鳴らし、呼吸を整えながらドアの開くのを待った。武術の先生と言えば熊のような男性だろうと勝手に思い込んでいたが、この予想は見事に裏切られた。わたしたちを笑顔で出迎えてくれたのは、栗のように可愛らしい小柄な中国人女性だった。小柄と言ってもドイツ人の平均身長と比べれば低いというだけで、わたしよりは少し高かった。三十代半ばだろうか。紺のジャージを着てタブレットを脇にかかえた女性の姿をわたしはまじまじと見た。向こうはわたしとMさんの顔を見比べながら、

「よくいらっしゃいました。今日は全部で八人申し込みがあって、あと二人来る予定なのでもう少し待ちましょう。あちらに更衣室があります」

と言った。Mさんがそれを聞いて少し動揺し、

「特別な服は持ってきていないんです。どんな服を着たらいいのか教えてもらってから買うつもりでいました」

と言った。

「今着ている服で充分ですよ」

わたしは室内着として使っているジャージを持ってきたのでそれに着替えた。人前で着たことはないので、なんだか寝間着姿を見られるようで居心地が悪かった。

先生はチェンという名字だった。ジーナという通称名があるのでそう呼んで欲しいと言ったが、わたしには「マイスター・チェン」と呼びたい気持ちがあった。チェンというのは一体どういう

漢字を書くのか知りたかったが、そんな質問をすればわたしが漢字を使う文化圏から来ていることを敢《あ》えて話題にすることになる。そうではなくてベルリンで暮らしている一人の人間として他の人たちと同じように扱ってもらいたかった。

もしかしたら、それもわたしの考え過ぎで、先生はわたしの出身国などはもちろんお見通しの上で、そのことに特別な意味を持たせることなどなく、他の参加者たちと同じようにベルリンに暮らす人間として見てくれているのかもしれなかった。

「あと二人来るはずなんですが、なかなか現れませんね。先に始めましょう」

とチェン先生が言った。集まった人たちは、間隔をおいて稽古場に立ち位置を決めた。わたしはいつの間にか一番前の左側に立っていた。床の木目がきれいに磨き上げられて渋い光を放っていた。

「まず、脚を肩の幅に開いて、足の裏をしっかり床につけて立ってください」

チェン先生がそう言った瞬間、廊下を急ぐあわただしい足音がして、髪を短く刈り上げた女性が恋人と思われる男性を一人つれて入ってきた。女性の手足は細く、子孫の入った腹部だけが丸くふくらんでいた。遅れてきたことを謝り、教室の後ろの方に立った。わたしは自分の身体に意識を戻して、足の裏をしっかり床につけた。

「爪先や踵に片寄らないように、足の裏全体に平均的に体重をかけてください。それからゆっくりと膝を曲げて腰を少し落として」

チェン先生の身体を見ながらわたしの身体は同じ動きをしようとした。

「背中はそりかえらせず、まるめずに。肩の力を抜いて」

先生が「肩」と言えば肩に意識が宿り、「背中」と言えば背中に意識が移る。意識を向ける場所を頭で操作できるのは当たり前のことなのに、普段していないことなので軽い驚きがあった。

「肩の力は抜いてください。ゆっくりと両手首を前方に持ち上げて。肩が手といっしょに持ち上がらないように。肩を下げて」

チェン先生の上半身には重さがないように見え、それが静かにゆっくりと上昇したり下降したりした。つられてわたしの上半身も少しずつ軽くなっていった。

「肘の力を抜いて。手首が誰かに引っ張られるようにゆっくり上がっていきます。それから自然に下がっていきます。肘は手首に従うだけで、自分から先に動いてはいけません」

力を抜くことをめざして身体を動かしているとすぐに一時間たってしまった。シャワーを浴びた後のように、さっぱりした気分だった。

「これで体験入学の時間は終わりです。来週から授業を受けてみたいと思った人は、ここに名前と住所と電話番号を書き入れて、来週又この時間に来てください」

そう言いながらチェン先生はリストをまわした。わたしは「Misa Takatsume」と記入した。隣に余白があったので「高津目美砂」と漢字も付け加えようかと一瞬思ったがそれはやめてリストをまわすとMさんは、ペンをささっと素早く動かして自分の名前を記入した。横目で覗き込んだが、あまりにも汚い字なので解読できない。無理して読めばミーネンフィンダーと読めないこともない。チェン先生が寄ってきてリストを覗き込んでニヤッと笑い、

「読める字で書いてくださいね」

と小学校の先生のような口調で言った。Mさんは困ったように笑って答えた。

「それは無理です。子供の時から努力しているのにこの歳になってもまだ解読可能な字が書けないんです」

外に出ると、ほてった肌に夜風がひんやりと気持ちよかった。Mさんは歩くのが意外に速かったが、かすかに左脚を引きずっているようでもあった。

「どうですか。遠いヨーロッパの地にまで伝わってきた東アジアの伝統文化、気に入りましたか？」

Mさんにそう言われてわたしは、太極拳とヨーロッパとどちらが自分にとって遠いのか迷ったが、続けて稽古に通いたいという気持ちに迷いはなかった。

「好奇心を刺激されました。ぜひ通ってみたいですね。なんだか月に着陸した宇宙飛行士みたいに重力がなくなったような、それでいて身体そのものの重さを実感するような、不思議な身体の動きですよね」

Mさんは足をとめてわたしの言葉に大きく頷《うなず》き、胸に右手を当てて息を深く吸った。

「月依存症ってご存じですか。夢遊病のことです。意識はないのに身体がちゃんと動く。転ばな

いし、怪我もしないで、夜中に眠りながら町を歩き回る」

「太極拳の練習をすれば、夢遊病者になれるんですか」

「それはどうでしょうね。わたしは深く呼吸ができるようになればそれだけでもいい。それじゃあ、お休みなさい」

家の中に入るとすぐに、待ち構えていたかのように電話が鳴った。スージーからだった。元気かと訊かれ、すぐに太極拳のお試しコースに参加してきた話をした。

「太極拳？　いいわね。ジムに行くよりずっといい」

「どうしてジムはよくないの？」

「だって機械を使って筋肉を鍛えるなんて、人間を機械視しているみたいでしょう」

「でも太極拳だって人間の身体の仕組みを冷静に外から分析して、結局は筋肉を鍛えることにもなると思うんだけれど」

「まあね、でもボディビル専門誌の表紙に載っているみたいな外側の筋肉じゃなくて、内なる筋肉を育てるのよ」

「どうしてそんなこと知っているの？」

「やったことあるから」

「驚いた。ヨガと刺繍とエッチングと写真と、それからピラニアの飼育をやったことあるのは知っているけれど、太極拳もやったことあるの？」

「忍耐力がないから、いろいろな趣味を経験できるの」

「釣りはやったことないでしょう？」

「あるある。海釣りの免許も持っているし」

「チェスは？」

「大好き。シュテファン・ツヴァイクの『チェスの話』っていう題名の小説があるでしょう？あれを読んでどうしてもチェスをやりたくなったの。それで二年くらい凝っていたことがある。上達しなかったけれどね」

スージーは車椅子に乗っているので場所の移動に手間がかかるはずなのに、何かやろうと思いつくと手間暇をいとわず出かけて行く。それに比べてわたしには自分から新しいことをやってみたいという気持ちがほとんどない。その代わり一度習慣になったことはなかなかやめられないので長続きする。忍耐力があるのではなく、生活の変化が面倒くさいのだ。クライストの作品も一度訳すことが習慣化すれば五十年後には全集を訳してしまっているかもしれない。

「それにしてもどうして急に太極拳なんて始めたの？」

「隣の人にいっしょに行こうと誘われて」

「隣の人ともうそんなに親しくなったの？　よかったね」

「その人と偶然喫茶店で会って長話した時に、子供の頃の話をしてくれて、距離が近づいたの。第二次世界大戦が終わる頃に東プロイセンから逃げて来たんだって」

「戦前に生まれた人なのね。でもどうして太極拳なの?」
「腰が痛くて太極拳がやりたいのだけれど一人で行くのはどうも勇気がいるから、わたしにいっしょに来てくれって言われたの。そう言えばフライブルクに住んでいた頃、生まれて初めてお鮨《すし》を食べに行きたいのだけれど不安だからいっしょに来てくれってスイス人に頼まれたことがあった。それと似ているかな」

電話を切った後、わたしはクライストの全集を開いた。「ロカルノの女乞食」というタイトルがついているのに、最初の段落でその女が死んでしまう妙な小説である。

しかも彼女は転んで死ぬのだ。わたしも転びやすいので、いつの日か家の前で転んで頭を歩道の角に強くぶつけて、あっけなく死んでしまうのではないかと思うことがある。冬になって道が凍ると、すべって転んで骨折した人でベルリンの病院はベッドが足りなくなる。

ロカルノの老女は転んで死んだのだから、もし裁判になったら事故死ということになるのだろう。暖かさを求めて部屋の隅にうずくまるホームレスの女を目障りになるというだけの理由で追いやった侯爵には法的に見ても罪はないのだろう。むしろ、お慈悲で中に入れてもらっていた老女の方に、出ていけと言われれば出ていく義務があるのかもしれない。侯爵は恐らく一生の間、自分が罪を犯したと思うこともなく、そのまま平穏な人生を送るのだろう。

「その後何年か経って侯爵が戦争や不作が原因で思わしくない経済状態に陥ると、その風光明媚な城を売ってくれと言うフローレンスの騎士があらわれた。これは有利な取引になると思った侯爵は、騎士を例の壮麗な空き部屋に泊めるようにと妻に頼んだ。しかし真夜中にこの客があわてふためいて青ざめて夫婦の部屋に降りて来て、幽霊が出る、嘘じゃない、と訴えた時には夫婦は顔を足で踏まれたような気がした。目には見えないものの部屋の隅の藁《わら》の中に横たわっていた何者かが起き上がったような音がして、それからはっきり足音をたてて、今にも倒れそうになりながらゆっくりと部屋を横切り、暖炉のところまで来て溜息をつき、呻《うめ》きをあげて倒れた、と言うのだ」

最初の段落で死んだ女は次の段落でもう幽霊になって戻ってきている。話の進行が速いので付いていこうとして速歩《はやあし》になり躓きそうになる。小説と呼ばれる読み物には、風景や人の顔が長々と描写してあってそれが読書の楽しみの一つでもあるのだが、時にはそれが面倒くさくて読み飛ばしてしまうこともある。クライストの短篇にはスピード感があり、読者は好奇心の馬に乗り、次の瞬間に落馬するのではないかという不安を抱えたまま、野原を駆け抜けていく。

わたしは本を閉じてソファーに移動し、クッションを抱いた姿勢でぼんやりしていた。隣に立っているランプだけがまわりを球状に照らし、部屋の隅は幽霊がしゃがんでいても見えないだろうと思われるほど暗かった。部屋全体を明るくするよりは自分のまわりだけ蚕の繭のように黄色がかった白い光で包む方が気持ちが落ち着く。

フライブルクに住んでいた頃は早瀬が部分照明を嫌い、部屋中が均一に明るくなるように天井

に蛍光灯を設置した。ある時、近所に住むツェーベルクさんを夕食に招待すると彼女はその照明に驚いて、

「どうして自宅を法律事務所みたいに明るくしているのですか」

と尋ねた。早瀬は少しも動揺せずに、

「僕は明るいのが好きなんです」

と答えた。ツェーベルクさんはこの答えだけでは納得できなかったのか、

「日本の人は、陰の美しさを礼賛しているのではないですか。タニザキは間違っていますか」

と意外な角度から突っ込んできた。ツェーベルクさんもドイツでロングセラーになっている谷崎潤一郎の『陰翳礼讃』を読んだのだろう。

早瀬が黙ってしまったのでわたしが代わりに、

「谷崎は昔の人ですから。それに彼の生きていた頃すでに陰の文化は消えつつあったんですよ。消えつつあるものを言葉で保存して、西洋に発信したのでしょう」

と答えた。早瀬はこんな時は黙ってしまう癖があるので気まずさを埋めるためにわたしがもっともらしい説明をでっちあげて語る。ツェーベルクさんが帰って二人だけになると早瀬は急に饒舌になった。

「どうして部屋を明るくしているのかなんて、そんなことを訊く方がおかしい。ここは自分の家なのだから自分の気に入った照明をする権利がある」

早瀬は時々、「そんなことを訊く方がおかしい」というのが口癖だった。この言い方は日本語ではすんなり通るがドイツ語にすると理不尽に聞こえ、むしろ「なんでも質問してみるべきだ」と考える方が常識的だ。

わたしは部分照明が気に入っていて、早瀬が帰国してしまうと早速日本のあんどんを思わせるランプを買った。部屋の中でもその光の届かない区域があり、廊下は暗いだろう。わたしのいない真っ暗な二階で何が起こっているかなど想像もつかない。この家に付着した幽霊もいるのではないか。窓枠にうっすら積もった埃を指でこすりながら、家の歴史をわたしは知らないのだと思った。

ドイツでは自分の借りている家を転貸することが許されていることが多い。たとえば数年間、仕事の関係で別の町で暮らすことになった場合、戻った時に気に入った住宅を改めて見つけるのは一苦労なので、転借人を探して留守の間、住んでいてもらうということがよくある。今回はわたしがその転借人になったわけだ。

貸してくれたのは五十代の夫婦で、スージーの親戚だった。彼女の説明によると、しゃきしゃきした奥さんは英語とドイツ語の教師、のんびり者の旦那の方は写真家で、二人で海外を転々として暮らしているが、この借家を老後のために確保しておくつもりらしい。この夫婦から家を貸してもらうのもわたしが初めてではない。わたしの前には独身の作曲家が住んでいたとスージーが教えてくれた。

夫婦がアルゼンチンで仕事していた頃、休暇にブラジルを旅行し、リオデジャネイロの宿でこの作曲家と朝食時に同じテーブルにすわり意気投合したということだった。わたしの方はこの夫婦とは会ったことがないがスージーの仲介で借りることができた。

「知らない国から知らない国へ移り住む生活は疲れそう。数年たったら又新しい言語に新しい文化？　わたしは一つの異文化をじっくり勉強するのは好きだけれど、いろいろな国を転々とする気にはなれない」

いつだったかスージーと電話で世間話をしていた時にこの夫婦の話が出たのでそう言ってみると、スージーは、

「疲れるでしょうね。でも逆に、自分の国にいると疲れる人もいるでしょう。その人たちにとっては、別の国だって長くいれば自分の国みたいになるから、やっぱり疲れるんでしょう。だから次の国へ移動する」

とそんな説明をしてくれた。


太極拳学校での体験入学の日からあっという間に一週間がたち、次の水曜日がめぐってきた。呼び鈴が鳴った時、わたしはまだでかける準備ができていなかった。Mさんはせっかちなのかわたしが家を出ようと思っていた時間までまだ十五分もあった。

「ちょっと待ってください。今すぐ支度しますから」

「どうぞ、ごゆっくり」

Mさんの歩き方は不安定だった。顔も言葉も若々しいが脚は弱っているのかもしれない。あるいは戦争中に怪我をしてその後遺症が脚に残っているのかもしれない。歩きながらわたしはこんなことを訊いてみた。

「今わたしの住んでいる家を前に借りていた人を知っていますか？」

「作曲家の方のことですか？　お知り合いではないんですか」

とMさんにはわたしがその作曲家を知らないことがむしろ意外であるようだった。

「いいえ、知りません。その作曲家もわたしの友達のスージーの親戚夫婦からこの家を借りていたんです」

「いつも外国で仕事している夫婦ですか？」

「そうです。その夫婦にも会ったことがあるんですか」

「立ち話をしたことならあります。一時帰国していたんですね。自分もドイツ人なのに、ドイツ人は苦手だと言っていた。実はわたしも同感ではありますが」

「ドイツ人が苦手なのはどうしてですか。あなたが東欧で暮らしていた子供時代は、ポーランド人やユダヤ人やドイツ人が同じ町でいっしょに暮らしていたんですよね」

「そうです」

「ナチスが台頭するまではドイツ人も他の民族と同等だったんですか」

Mさんはうーんと喉元で唸ってから言葉を絞り出した。

「ナチスが台頭するまでは、と言いますがね、中世のドイツ騎士団だって心構えはかなり軍事的だったんですよ。わたしが子供の頃、東欧に引っ越すと言えば馬車の後ろに藁を積んで、中に猟銃をたくさん隠して、出発したものです。武装開拓団ですかね。ドイツ人の意識の中には、自分たちはスラブ系民族よりも優れているという驕《おご》りもかなり前からあったと思います。そんな意識にナチスによって火がついたんですね」

「でもすべてのドイツ人がナチスの政策に賛成したわけではないでしょう」

「もちろん違います。東欧に住むドイツ系移民の間にもレジスタンス運動がありました。ドイツ人だからドイツ政府のすることを常に正しいと思うということはありません。アメリカ人だからといって必ずしもアメリカ政府のすることを正しいと思わないのと同じことです。それがせめてもの救いですね。でも、」

Mさんはそこまで言いかけて口を閉ざし、急に話題を変えた。

「ところでこの間、チェン先生が教えてくれた太極拳の立ち方ですけれど、教わった時には深く納得したのに、家に帰ってやってみたらできませんでした。腰を下ろしていく時に肩の力を抜くのは無理だと思うんです。それから背骨が弓形にならないようにと言っていましたが、背骨はもともと弓形に曲がっているものではないのですか」

わたしにはその問いに答えることができなかった。Mさんはチェン先生の言葉をしっかり家に持ち帰って納得できるまで自分で練習しようとしている。わたしも今日は先生に言われたことをしっかり覚えて帰り、家で試してみようと心に誓った。

この日、更衣室で真っ赤なジャージを着た五十歳くらいの女性が話しかけてきた。わたしは人の顔を覚えるのが得意な方ではないが、この人は目のまわりに濃い化粧をほどこしていたので先週も来ていたことを覚えている。胸を強調するニットのセーター、腰を締め上げたバンド、踵の高い靴、大きなイヤリング。全体の印象はけばけばしいが、どこか素朴な温かさを感じさせる。

「アリョーナです」

「響きのいい名前ですね」

「生まれはペータースブルク」

ペータースブルクは長い間レニングラードと呼ばれていたペテルブルクのドイツ語読みだった。煙草の吸い過ぎか、あるいはウィスキーの飲み過ぎか、アリョーナはだみ声だった。

「あなたの名前は？」

「ミサ」

「いい名前ね。どういう意味？」

「美しい砂」

「え？　砂？　砂にも美しい砂と美しくない砂があるの？」

「あるでしょう」

「砂は詩的だと思う。形がなくて、波が来ると持っていかれてしまう。持っていかれても消えないで、海底にも砂漠にも砂は永遠に存在する。ところで、あなたと一緒に来ている男性は恋人？」

「いいえ、違います。隣の家に住んでいる人です。わたし、そんなに歳じゃありません」

「年齢差のあるカップルはいくらでもいるでしょう」

「いますね」

「じゃあ、あなたは独身？」

「はい。というより一度離婚したことがあります」

「へえ、その若さでもう離婚経験もあるの。仕事が早いのね」

アリョーナはどうやらわたしの年齢をかなり若く見積もっていたようだった。

アリョーナが掌《てのひら》にのせて差し出したのは小さな四角いお菓子で、金髪のおさげを垂らした目の碧《あお》い女の子の描かれた包み紙にくるんであった。中味はやわらかいヌガーのキャンディで、上の歯茎の裏にくっついた。

「これ、食べる？」

稽古が始まるとチェン先生はこんなことを言った。

「つむじから一本の糸で吊り下げられているような気持ちで立ってみてください」

わたしはそっと右手の指先で自分のつむじを探り、思っていたところよりずっと後ろにあることに驚いた。つむじから一本の糸に吊るされ、てるてる坊主のようにかすかに揺れている自分を思い浮かべた。最初は左右に揺れていたが、それが円に変わり、つむじを頂点にしてわたしは円《えん》錐《すい》形になっていった。糸で上から吊り下げられているので、倒れる心配はない。わたしはかなり動いても倒れないことを痛快に感じ、大胆になっていった。チェン先生がわたしを見て注意した。

「いくら吊り下がっていると言っても傀儡《かいらい》政権はいけませんよ」

わたしはどきっとして硬直した。声を上げて笑った人が一人いたので振り返るとロシア人のアリョーナだった。確かに、操り人形になってはいけない。でも操り人形ならば、ただ「マリオネット」と言えばいいのに、「マリオネット政府」、つまり「傀儡政権」という言葉がチェン先生の口から飛び出したのはなぜだろう。わたしは高校生の頃、歴史の教科書で「傀儡」という言葉を初めて見て、なんて不気味な漢字だろうと思ったことを思い出した。見ているだけで恐ろしくなる。

「ただし首を吊っているわけではありませんからね、顎は引いてください」

とチェン先生が注意すると、隣に立っていた東南アジア風のほっそりした女性は真剣な顔でぐっと顎を引いた。二重顎にはならず首が長くなった。この人は確か先週は来ていなかったと思う。もし来ていたら顔を覚えていたはずだ。

「顎は引くのですが引き過ぎてはいけません」

とチェン先生が言うと東南アジア風の女性は顎を少し持ち上げた。わたしの顎も又、引き過ぎず、持ち上げ過ぎない位置を探して迷っていた。

「つむじからまっすぐに糸が伸びていて天から吊るされているみたいな感じですよ」

とチェン先生が繰り返した途端、つむじが消えてしまったような気がして、わたしはあわてて指先でもう一度その位置を確かめた。

「重心がまっすぐ骨盤の中心に落ちるようにね。弓形に反った背中は腰痛の原因になります。お尻をひっこめて、背骨の下の方の緊張感を緩めてください。弓形に反った姿勢の方がセクシーなのではないかと思っている人がいるかもしれませんがそれは誤解ですよ」

「セクシー」という言葉が教室内に静かな笑いのさざめきを引き起こした。チェン先生はドイツ語を自由自在に操り、ユーモラスなコメントでその場の雰囲気をほぐしていく。

「みなさんは尾てい骨をご存じでしょう。尾てい骨がぐっと下に引っ張られ、そのまま股の間を通って前を覗き見るような感じです」

チェン先生が「尾てい骨」という言葉を使ったことが新鮮だった。わたしはこの歳まで自分の尾てい骨のことなど考えたこともないまま生きてきたが、チェン先生の言う通りにこの骨を意識して下から前へ引っ張ってみると背骨が初めて安定した。

中学生の頃、時々家に遊びに行っていた友達のお母さんに「姿勢が悪い」と言われ、姿勢のよくなる体操を教わったことを思い出した。このお母さんは体育大学を出て市民体操の講師をしていた。壁に向かって立って壁を両手で押すような練習をさせられて、その時に「もっと腰を入れて」と言われ、腰を一体どこに入れるんだろうと不思議に思った。「あなた、飲み込みが悪いわね」と言いたげな呆れた顔をされた。今チェン先生が「尾てい骨が股の間を通って前を覗き見るような感じ」と言うのを聞いて、もしかしたら「腰を入れて」というのはそのことではないかと思い当たった。実際のところ、お尻をゆっくり落とし、背骨の一番下の部分を伸ばしていくと、尾てい骨が半円を描きながら前に出ていくような気がする。するとお腹がひっこんで、いきなり任された上半身の重さを支えようと太股《ふともも》が頑張る。それが「腰を入れる」ということだったのかもしれない。

「腰を入れる」という日本語で言われても全く理解できなかったわたしの身体が、中国人のチェン先生にドイツ語で遠回りに説明されることですんなり理解できてしまったのだから不思議だ。

稽古が終わると、頰から額にかけて表情の晴れ上がったMさんと並んで家に帰った。

「尾てい骨についてこれまで考えたこと、ありましたか」

とわたしはMさんに訊いてみた。

「いいえ一度もないですね。自分が猿の親戚であることをすっかり忘れて暮らしていました。尻尾の生えたダーウィンの風刺画、ご存じですか。彼の提唱した進化論は、あの時代にはかなり反感を呼んだんですよ」

「どうしてですか？」

「神が人間を創造したと信じられていたからです。聖書を文字通り受け取れば、人間は最初から人間として、つまり動物とは違う存在としてつくられたはずです。今でも宗教上の理由から進化論を否定する人が多い国もあるようです。日本ではほぼ全員が進化論を受け入れているそうですね。進歩的な国ですね」

「いえ、進歩的なのではなく、輪廻《りんね》という考え方があったせいかもしれませんよ。前世の自分は蝦蟇《がま》だったかもしれないと思っている人間にとっては、人間の祖先は猿だったと言われてもショックでもなんでもないでしょう」

Mさんは愉快そうに声をあげて笑った。

「蝦蟇ですか。想像力豊かですね」

「わたしも白樺の木が祖母だと言われても驚きません。CDプレイヤーが叔父で冷蔵庫が叔母だと言われても、そんなものかと思いますね。まして猿なんて似すぎていてダーウィンに言われなくても最初から弟だと思っています」

目の前で信号が赤に変わり足をとめると、その赤を切り刻むように細い雨が降り始めた。Mさんは黒い傘を鞄《かばん》から出して、プラネタリウムのようにわたしたちの頭上に広げた。

次の週の月曜日、庭に出ると垣根越しにMさんに声をかけられ、パートナーが長旅から帰ってくるので太極拳には行けないと言われた。わたしはまだMさんのパートナーには会ったことがないが、絶滅したプルーセン人の末裔《まつえい》だと主張し、プルーセン人の痕跡を追っていつも旅している人だとMさんが話してくれたのを覚えている。

プルーセン人というのは一体どんな人たちだろうと思ってインターネットで調べてみると、どうやらプロイセンに住んでいた民族で、ドイツ人でもポーランド人でもロシア人でもなかったようだ。

そのうち大民族に吸収されてプルーセン人は民族としては消えてしまった。滅ぼされたわけではなく、同化して消えたのだ。独自の言語も持っていて、プルーセン語はドイツ語やスラブ諸語からたくさんの外来語を受け入れてはいたものの、言語自体はリトアニアやラトビアの言葉に近かったようだ。プルーセン人はかなり「ゆるい」人たちで、プルーセン語を守るために闘うこともなく、「ドイツ語をしゃべった方が便利だからドイツ語でいいんじゃない」と軽く考えているうちに、いつの間にか彼らの言語は滅びてしまったのではないかとわたしは想像する。とは言え、小国リトアニアやラトビアの人たちもロシア語やドイツ語など大きな言語を習得していたが、だからと言ってリトアニア語とかラトビア語が滅びるということはなく、今日までしっかり存在しているのだから、プルーセン語だけがなぜ消えてしまったのかはやっぱり謎である。

Mさんが今日は欠席するというのでその水曜日は一人で太極拳学校に向かった。まだ誰も来ていない更衣室に入って一人ジャージに着替えていると、先週隣に立っていた東南アジア風の女性が入ってきて目が合った。

「こんにちは、わたしミサです」

と自己紹介すると相手は、

「わたしはロザリンデ・サントスです。ベルリンでの生活にはまだ慣れていないので、助けていただくこともあるかと思います」

とBBC放送のアナウンサーのような英語で答えた。おそらくわたしの顔に困惑の色が浮かんだのだろう。

「ドイツ語も分かります。でも英語の方が楽なんです」

とドイツ語で付け加えた。

「イギリス人ですか」

「いいえ、フィリピン出身ですが、イギリスで大学教育を受けました。今は英語教師をしています」

先週すでに言葉を交わしたロシア人のアリョーナが話に割り込んできてロザリンデに、

「あんた、そのオクスフォード大学出身みたいな発音のコツ、あたしにも教えてくれない？」

と気取りのない口調で頼んだ。ロザリンデは細い肩を波打たせて笑った。

エリート風の英語の発音をしっかり身に付けて女性を次々だましてお金を巻き上げた美男結婚詐欺師の話を以前雑誌で読んだことがある。

「発音だけ学んで、エリートのように話すことなんてできるんですか」

とわたしが訊くと、ロザリンデは、

「わたしはエリートでもなんでもありません。英語を勉強してそれを人に教えているだけで」

と謙虚に答えた。

着替えを終えて更衣室を出ると、建物の入り口でチェン先生が一人の男性と親しげに話をしているのが目に入った。後ろからアリョーナがわたしの耳に、

「ねえ、あの男の人、ジャッキー・チェンと似てない？　もしかして本人だったりして」

と囁いた。わたしは高校の悪友のようにじゃれてくるアリョーナに、

「ありえないでしょう。昨夜《ゆうべ》夢を見足りなかったの？」

と言ってたしなめた。アリョーナはわたしの肩になれなれしく手をおいて、

「まあそう怒らないで。あなたみたいに真面目過ぎると、いいことないわよ」

とからかった。

「わたしの真面目さ、どうすれば治療することができる？」

「それなら処方箋をいくつも知っている。教えてあげるから、今日、稽古が終わってからいっしょに飲みに行かない？」

「でも、わたしアルコールは飲めないから」

「アルコールが飲めないなら、ビールでも頼めばいいでしょう」

どうやらアリョーナにとってビールはアルコールの類には入らないようだった。わたしは早瀬と暮らしていた頃はビールやワインを飲んでいたが、飲むと貧血を起こすことがあった。一人になってからは貧血になるのが不安なので全く飲まなくなっていた。

太極拳の稽古が終わってから彼女の連れていってくれた酒場は線路沿いにあり、看板には「コ

ールハース」と書かれていたので驚いた。クライストの書いた有名な中篇小説に「ミヒャエル・コールハース」というのがある。偶然という仮面を被《かぶ》った運命の神がわたしをクライストにじわじわと近づけているのかもしれなかった。

重い扉を押して中に入ると、目の前で腰の細い男女が向き合って立ってビールを飲んでいた。二つのグラスはぶつかりあいそうな近さを保ちながら、酒場全体を黄金の液体の中に映しこんでいた。

斜め右の隅の席には五十代くらいの女性たち数人がテーブルを囲み、泡が内側にこびりついたビールの大ジョッキが高層ビルのようにテーブルに聳《そび》え立っていた。カウンターでは白髪にベレー帽をのせた痩せた男がコップに入った透明な液体を舐《な》めていた。

アリョーナは常連なのだろう、わたしの腕をつかんで迷わずカウンター席まで引っ張っていった。わたしはバーテンと目が合うと恐縮してヴァージン・メアリーを頼んだ。

アリョーナはウォッカをストレートで頼んだ。

「強いんですね」

「ウォッカは、水を小さく可愛らしくしたものよ」

「え、どういうこと?」

「わたしの母語ではそういうことになっているの。水ちゃん、ってとこね」

「ロシア語ですね」

「そう。ロシア人が太極拳なんかやって変だと思った？」

「どうしてですか？」

「中国とロシアは仲が悪いと思われているから。でもヨーロッパの中ではロシア人の太極拳はレベルが高いのよ」

「それは知らなかった」

「もちろんわたしの知っている成金女たちは太極拳学校に通うより、ウエルネス・ホテルでマッサージを受ける方を好むだろうけれど。ところで、あなた未亡人だっけ？」

「いえ、違います。彼はまだ死んではいません」

「まだ」は余計で、まるで彼の死を前提にしたような表現になってしまったのであわてて、

「彼は生きています」

と言い直したが、このセリフも冗談のようにしか聞こえなかった。

「つまり死によって切り離される日まで待たずに離婚したのね」

そう言ってアリョーナがわたしを決まり悪さから救ってくれた。

わたしも早瀬もキリスト教徒ではないので神父の前で「死がわたしたちを切り離すまで」などと永遠の愛を誓い合うこともなかった。日本を発つ少し前に結婚届けを出して両方の家族がオーストリア・レストランに集まって乾杯し、祝賀ランチを食べただけなので、愛の誓いなど交わしていないし、指輪も交換していない。

アリョーナは真っ赤に塗った唇をウォッカで湿らせてから言った。

「わたしは未亡人。生活の心配が全くない未亡人。でも、お金を使う以外にやることのない人生なんて空しくて耐えられない。だから仕事しているの」

「どんな仕事？」

「これから事業を始めようという若い人に資金を提供する仕事」

「へえ。すごい。それじゃあもう若い事業家をたくさん世に送り出したの？」

「上手くいっている会社はまだ四、五件かな」

「たとえば？」

「再生紙でできた携帯電話をつくる会社とか」

「環境のこと考えているビジネスウーマンなんだ」

「わたし自身は実はそれほど環境問題に関心がないのだけれど、今ビジネスとして一番チャンスがあるのはエコだから。でもエコとは縁のない製品もある」

「たとえば？」

「カンニングセット。特殊な布でできたワイシャツに特殊なペンで字を書くと、肉眼では見えないけれど、特殊な色つきのコンタクトレンズを付けると見えるの」

「融資の相手は若い人だけ？」

「まあね。わたしは若い人が好きなの」

「利子は取るの？」

「ほんのちょっと」

「どのくらい？」

「九パーセント。利益が出てきたら、それプラス売り上げの四十七パーセント」

「それって多くない？」

「多いけれど当然でしょう。銀行みたいにうるさく調査しないで面接だけで貸してあげるから、むしろ感謝されている」

「商品のアイデアが浮かぶ人が羨ましい。わたし、そういう才能はゼロでね」

わたしは、わざとそんなことを言った。

もしかしたらアリョーナがわたしをドリンクに誘ったのは、お金を貸そうとしているからではないかという疑いが脳裏をよぎったのだった。ところがそれが逆効果で、アリョーナはわたしに投資する可能性に気づいてしまったようだった。

「あなたは、一見おとなしそうに見えて実は大きな事業を起こしそうなタイプね。わたしは人の隠れた才能を見抜くのが得意なの。前に占いをやっていたから。星座は？」

「天秤座《てんびんざ》」

「やっぱりね。そう思った。金の延べ棒を秤《はかり》にのせて慎重に事を運ぶタイプね」

「いいえ、迷ってばかりいて失敗するタイプ」

「今の仕事は？」

「翻訳」

あまりに儲《もう》からない仕事なので笑われるかと思ったら意外なことにアリョーナは顔を輝かせた。

「わたしも何年か翻訳やっていたの」

わたしがあまりに驚いた顔をしたのだろう。アリョーナは笑って言った。

「あたしが典型的なロシアの成金だと思っていたの？　こう見えても学生時代には詩人崩れの恋人もいて、マンデリシュタームが好きだったのよ」

「何を訳したの？　詩？」

「詩じゃなくて、歴史の本。ヴォルガ・ドイツ人の歴史。全然売れなかったけど。ヴォルガ・ドイツ人というのは、十八世紀にドイツからロシアに移り住んでいった人たちのこと。その子孫の多くがペレストロイカの後でドイツに移住した」

「読んでみたい」

「まさか興味あるの？」

「信じてもらえないかもしれないけれど、実は今すごく興味あるテーマなの。最近、東プロイセンで育ったドイツ人と話す機会があってね、彼の家族も終戦の少し前にドイツに引っ越してきたんだけれど」

わたしはそれがMさんだということは言わなかった。

「東欧から追い出されたドイツ人なんていくらでもいるわ。今のドイツ社会はほとんど彼らで成り立っているんじゃないかと思うくらい。それなのにどうしてわたしの訳した本、売れなかったのかなあ」

彼女はためらいなく「追い出された」という言葉を使った。

それからとりとめもない話をして、わたしたちは別れた。

家に入る時、Mさんの家の窓に灯りが見えた。カーテンがほのかなミルク色に輝いている。Mさんは長旅から戻って来たパートナーとあの居間のソファーにすわって言葉を交わしているのだろうか。


毎朝目覚ましが同じ時間に鳴る。同じ時間なのにそれが毎朝ほんの少しずつ早くなっていくような気がして、もう少し枕に頭をつけたままでいようと思う。

いつものようにコーヒーを沸かし、いつものように鉛筆を五本くらい削ってからパソコンに向かう。いつもと違っているのは、すわっている姿勢が気になったことだった。チェン先生に習ったように、背中をまるめるのではなく、弓のようにそりかえすのでもなく、上半身の重さが骨盤にすっぽり入るようにすわり続けたい。

「正しい姿勢」という言葉はあまり好きでない。中学生の頃、マシュマロ顔に黒縁眼鏡をかけた先生がいて、授業をしながら教室をゆっくり歩いて回って、「姿勢を正しなさい」とか「背筋を

伸ばしてすわりなさい」などと生徒に注意した。わたしは反発を覚え、通路をはさんで隣の席にすわっていた女友達に、

「兵隊じゃあるまいし。平和をめざす人たちはみんな猫背でしょ」

と囁いた。小声だったのにそれが地獄耳の先生には聞こえてしまい、

「平和をめざす人というのは一体誰のことを言っているんだ」

と厳しい声で問いただされた。教室がしんと静まりかえった中でわたしは思わず、

「ヒッピーです」

と答えてしまった。意外なことに先生は突然ハッハッハと笑って、

「よくヒッピーなどという昔のことを知っているな。あの頃はよかった。いい時代だった」

としみじみと言った。同級生たちはぽかんとしていた。

中学生だったわたしがヒッピーに関心を持ったきっかけは、町中に新しく開店した「フラワーチャイルド」という洋品店にあった。裾が喇叭《らっぱ》のように開いたジーンズや派手な花模様の木綿のブラウスがショーウインドウに飾ってあったのだが、一目見て気に入ってしまい、お小遣いをためて買った。

店の人が手渡してくれたパンフレットを読むと、ベトナム戦争に反対したアメリカ合衆国の若い人たちのファッションである、と書いてあった。なるほど、戦争に反対するファッションというものがあるんだ、とひどく感心した。

わたしは雑念を追い払い、仕事にとりかかった。今頼まれているのは、東ドイツ時代の日常生活について書かれた資料の翻訳だが、一字一句訳すのではなくできれば概要をまとめてほしいということだった。日常生活の内容は、「住宅」、「食事」、「衣服」、「冠婚葬祭」などの項目に分けてあったが、中に「ポルノグラフィー」という項目があった。ずっと好奇心をそそられていたその項目を今日はまず読んだ。

東ドイツでは西側諸国からのポルノ雑誌やビデオの密輸入を厳しく取り締まっていた。その反面、ヌードに対しては非常に寛容で、湖畔や森の中でヌード・パーティを開いて裸体写真を撮りあって楽しむ文化があった。そこで撮影された百五十本あまりのアマチュア・ビデオが公立のアーカイブに保存されていることも書いてあった。

生活費を稼ぐために引き受ける仕事でも、やっていると楽しいことが多い。そこに罠がある。自分が一番やりたいことではないが楽しいからいいだろうと思ってそんな仕事ばかりやっているうちにどんどん歳だけとっていく。むしろ辛くて無意味に感じられる仕事で生活費を稼ぎながら、この先もずっとこのままでいいのかと毎日自分を問い詰めた方がいいのではないかとも思う。午後はクライストの短篇小説の翻訳をする。そうすることでかろうじて自分が進みたい方向を視界から失わないでいられる。

ところで今訳しているクライストの短篇のタイトルだが、とりあえず「ロカルノの女乞食」と訳したが、「女乞食」という日本語がどうもひっかかる。「乞食」は古い言葉なので現代社会では差別用語なのではないかと思って調べてみると「ホームレス」と書き替える方が無難だというアドバイスがインターネット上で見つかった。しかしホームレスは住む家がないという状況をさしているのに対し、乞食は食べるものなどを乞うという生業《なりわい》をさしているので意味は重ならない。「ロカルノの女乞食」は城主の妻から寝場所を提供されたが物をもらったとは書いてない。住むところがなかったから城に泊まることになったのだから、やはりホームレスだろう。彼女が女性であるということにも意味があるのでそれを表現するために「ロカルノの女流ホームレス」というタイトルを考えた。

この短篇小説の作者であるクライストの生まれた町はポーランドとの国境にあり、ドイツが東西に分かれていた時代は東ドイツに属していた。フランクフルトという名前の町だがマイン川沿いにある国際空港のあるフランクフルトではなく、オーダー川沿いのフランクフルトである。クライストは一八〇〇年の夏から、ドイツだけでなく、フランス、スイス、イタリアなどを旅した。「ロカルノの女乞食」の舞台は、現在はイタリア語圏スイス、アルプスの麓にあるロカルノである。

そのロカルノの古い城にある侯爵が妻と使用人たちといっしょに暮らしている。侯爵は幽霊が部屋を歩く音を自分の耳で聞いたあとも、自分の城に幽霊が出ることを信じたくはない。しかし本当は城を買いたいからと訪ねて来た騎士を女の死んだ部屋に泊めて、自分と妻は階下の寝室で寝た時も、無意識に幽霊が出るかもしれないと恐れていたのだろう。夜中に騎士に起こされ、幽霊が出たと言われると、ヤッパリとマサカが心の底で入り混じって困惑したのではないか。

「侯爵はぎくりとし、自分でも分からない理由から明朗さを装って騎士に笑いかけ、すぐにベッドを出て、その方が心強いだろうから騎士と同じ部屋で夜を過ごそう、と申し出た。ところが騎士は、侯爵の寝室の肘掛椅子で夜を過ごさせてくれと頼み、夜が明けると鞍《くら》をつけさせて、そそくさと旅立っていった」

ヨーロッパの騎士と言えば日本でいうサムライのようなものだが幽霊が恐い気持ちを隠そうともしないであわてて逃げて帰るところが正直でいい。

電話が鳴った。スージーだった。

「ごめん、仕事中？　邪魔？」

「うん、仕事してる。でも邪魔されるのは大歓迎。幽霊が出たから、買おうかと思っていたお城を買うのはやめたところ」

「あなた、お城を買おうと思っていたの？」

「わたしじゃなくて、イタリアの騎士。クライストの小説を翻訳しているの」

「騎士がいた時代の話ね。今はもう騎士は存在しないけれど、幽霊はまだいるから不思議ね。ロボットができても、月へ行けるようになっても、インターネットができても、幽霊が消えることはなかった」

「幽霊は人間文明の柱なのかな」

「たとえば家を借りるか借りないか決める時に一番重要なポイントは幽霊が出るか出ないかだと思う。そのことを引っ越し前にあなたに言おうと思ったのに言い忘れていた。ごめん」

「どうして謝るの？」

「実は、あなたが今住んでいる家、幽霊が出たことがあるんだって」

わたしは笑いをこらえて言った。

「誰がそんなこと言ったの？」

「ただの噂。あなたは信じないでしょう、そういう話は」

「信じないとは言い切れない。この家に前に住んでいた人について、くわしく教えてくれない？」

「そのうちね。それより電話したのはね、いい歯医者さんを知らないかと思って」

「歯が痛いの？」

「きのうは痛くて眠れなかった。もっと早く歯医者に行けばよかったんだけれど、これまでかかっていた歯医者さんが高齢で廃業したから新しい歯医者さんを見つけないといけないんだけれどなかなか上手くいかなくて」

「インターネットで調べればいいじゃない」

「うん、でも評価の書き込み読んでいたら、恐くてどの医者にもかかれなくなる。誉めているコメントはどれも自分で書き入れているみたいな不自然な文章で、あとは誹謗《ひぼう》中傷としか思えないくらい悪い評価が多いでしょう。この医者はサディストだ、というコメントもけっこう多い。幽霊よりも実体のつかみにくい未知の歯医者さんが恐い。だからあなたのかかったことのある歯医者さんを教えてもらおうかと思って」

わたしは誰かに聞いて又連絡するとスージーに約束して電話を切ったが、誰に聞けばいいのかすぐには思いつかなかった。むしろ頭は幽霊のことで一杯だった。

わたしは幽霊パトロールでもするように家の中を歩き回ってみた。日が当たっているのにそこだけ陰になっているところや壁のシミ、床の黒ずんだところなどがないかよく見て調べた。とりあえず幽霊の痕跡は見つからなかったので、お茶でも煎れようかと台所に入るとそこに七歳くらいの金髪のおさげを垂らした女の子が後ろ向きに立っていた。アリョーナにもらったソフトキャンディの包み紙に印刷されていた少女ではないか。座敷童《わらし》は少し恐いが、この少女はロシアの絵本の挿絵のようで恐くなかった。今もし少女の首がかすかに動いて、ふりかえれば顔が見える、目は碧いに違いないと思ったが、少女がふりかえった瞬間、その姿は光の中で分解して消えてしまった。

Mさんが「第二次世界大戦ではロシアが一番大きな犠牲を出した」と言っていたことを思い出しながら机に戻り、インターネットで国別の死者の数を調べてみた。死者が一番多いのは原爆の落ちた日本に決まっていると思い込んでいたわたしは、日本語で「第二次世界大戦の死者」と入れて検索してみた。すると「死者」という言葉がいつの間にか「人的損失」に変化していた。「死者」は差別用語なんだろうか。建物が壊れれば物的損失で、人が死ねば人的損失ということで客観的に聞こえるが、ヒトがモノと同列に並べられているのが気になった。ディスプレイの中では「死者」が「人的損失」に化けただけでなく、「日本」が「大日本帝国」に変化していた。

大日本帝国と呼ばれた国では、262万人から312万人もの死者が出たと書いてある。もちろんこのような統計は明日になれば別の研究結果が出て数字が変化しているのだろうが、今日は少なくともこの数字が出ていた。アメリカ合衆国の死者を見ると、41万人。もちろん41万人でも涙が凍るほど大きな数だ。ところがソビエト連邦を見ると、死者の数はなんと2180万人から2800万人と書いてある。

ソビエト連邦では日本の十倍ほどの人が命を落としている。いや、「日本」とは書いてない。「大日本帝国」だ。ユーラシア大陸や太平洋の島々にもこの帝国に支配されていた広大な土地があり、そこに住んでいた人たちの中からもたくさんの犠牲者が出たのだ。死者の数え方は難しい。あなたはどの国の死者として数えられたいですか、と訊くわけにもいかない。

なんだか胸が重苦しくなってきたので台所に逃げて、カモミール、ウイキョウ、菩提樹、カルダモン、ハイビスカスを調合したハーブティーを煎れた。お茶を飲んで気持ちを静め、呼吸を整えてから、死者数を並べたてる無感情なディスプレイに戻った。

死者の数だけでなく、全人口に対する死者の比率を示した表もあった。それによると、ポーランドでは全人口の二割が戦争の犠牲になったことになっている。五人に一人が死んでいるのだ。自分から始めた戦争でもないのにひどい目に遭っている。この比率は統計によっては、日本の数倍にあたる。もちろんどの統計に出てくる数字もある条件下で今日の研究が分かる範囲で出した数字に過ぎないが、それでもポーランドでは死者の割合が日本よりずっと多かったということは事実なのではないかと思う。ただし日本の国内でも死者の割合は均一でなく、沖縄はポーランドを上回る割合で四人に一人が死んでいる。それも又たくさんある統計の一つに過ぎないし、正しいかどうかも分からない。しかし何も知らずに勝手に思い込んでいる歴史のイメージを崩していくのは必要なことなのではないかと思えてきた。

わたしは統計と睨《にら》めっこするのをやめて窓際に立った。風が痩せ細った白樺に平手打ちを加え、木の葉が目の前に舞い落ちた。国別に死者を比較することには意味がないのかもしれない。各国に散らばって暮らしていたユダヤ人の死者はどうやって数えるのか。そう思いついた途端、どうしても知りたくなってパソコンに戻ってインターネットで調べてみると、ヨーロッパのユダヤ人の六割ほどが犠牲になったと書いてあった。六割と見て、三人家族のうち二人が死んで自分だけが生きのこったところを想像した。

日本語だけでなく、ドイツ語や英語のサイトも調べてみると、言語によって死者の数が違う。使っている資料が違うからだろう。しかしどの統計を見ても群を抜いて「ソ連人」が大勢死んだという事実に変わりはなかった。ロシア人ではなくソ連人である。ウクライナ、ベラルーシなどでたくさんの死者が出ている。

それから三日ほどしてドアの呼び鈴が鳴ったので出てみるとMさんだった。なんとなくいつもと雰囲気が違うのは、草木染めのようなスカーフの巻き方がさりげなくお洒落なせいかもしれなかった。

「実は次回も太極拳に行けないので一応お断りしておくつもりで」

「パートナーの方が帰ってきたんですね」

「それだけなら太極拳の稽古をサボる理由にはならないのですが、実は彼がポーランドを旅するんで、今回は同伴してみようと思いまして」

「どのくらい滞在するんですか」

「未定です。一応二週間くらいかなと思っているのですが、長引くかもしれません。太極拳はその間、休むしかありません」

「了解しました。それじゃあ、」

とあっさり別れを告げかけたわたしはふと思いついて、

「そう言えば今ちょうど第二次世界大戦の死者の数を見ていたところです。驚きました。ソ連でこんなにたくさんの人が死んでいるなんて知りませんでした。人口比からするとポーランド人の方がもっとたくさん死んでいますが。原爆は日本でおそろしくたくさんの犠牲者を出しましたが、ソ連の犠牲者の数は想像を超えていますね。そもそも侵略戦争を始めたのはドイツなのに。わたしはてっきり原爆の落ちた国が犠牲者のナンバーワンかと思っていました」

と言った。

重い話題なのでわざと冗談のつもりで「ナンバーワン」と軽い言葉を使ったのに、口がこわばってそれがうまく発音できず急に涙が出そうになった。Mさんはわたしとは逆に、「ポーランド」で一度凍りついた表情が「ナンバーワン」という言葉を聞いて笑い出した。

「ナンバーワンと聞いて思い出したことがあります。戦後、誰が一番空腹か、競い合ったことがあるんです。ナンバーワンになったら賞品としてズボン吊りがもらえる。痩せすぎてズボンがずり落ちるからズボン吊りなんでしょうね。こういうのをドイツ語で絞首台のユーモアと呼ぶのですがご存じですか。あなたも自分のおじいさん、おばあさんが戦後お腹をすかした話など聞いたことがありますか。実際に聞いたことはなくても小説などで読んだことがあるんじゃないですか」

「あります。雑草をたくさん入れてサツマイモのお粥《かゆ》をつくったとか、山に入ってドングリを必死で探したとか」

「今、時間、ありますか？　うちにいらしてコーヒーでも飲んでみませんか」

わたしたち二人は年齢も歩んできた人生も全く違うのに、言葉を交わし始めるとどんどん話したいことが出てきてとまらなくなる。相手の言葉がマッサージのように脳のいろいろな部分を心地よく刺激してくれるので言葉がどんどん出てくるのだ。脳味噌《のうみそ》の相性の良さというのがあるのかもしれない。Mさんの家に入るとオーデコロンのにおいがした。

「ロシア人の犠牲者が多いのは西側と衝突した部分です」

コーヒー豆を挽《ひ》くがらがらという音の中からMさんの声が聞こえてきた。

「でも統計を読んでいるうちに頭が混乱してきました。ロシア人ではなくてソビエト連邦に住んでいた人、つまりユダヤ人はもちろんのこと、シベリアの東の果てとか、中国との国境地帯に住んでいた少数民族もその中に入るんですよね。ドイツ帝国の死者数というのも、当時ドイツ領だったところに住んでいた人の死者数ということですからユダヤ人も入るのでしょうか」

コーヒーマシーンの音がやんだ。

「統計を見たら疑問を持て、ということです。そのために統計はあるんです。統計は盲信するためにあるのではありません」

「数字そのものが信用できないということですか」

「数字そのものには罪がないように思います。でも問題は、数え方と使い方ですね。統計がわたしたちの中に呼び起こす物語には充分警戒した方がいいですよ」

「物語？」

「たとえば結婚している人の方が結婚していない人より長生きするという統計があります」

「はあ」

「これだけ聞くと結婚した方がいいということになりますね。でも男女別の統計を出すと、女性は結婚していない方が長生きして、男性は結婚していた方が長生きするんです。どの数値を隠してどの数値を出すかで一つのメッセージになってしまう」

「どうして結婚していた方が男性は長生きなんですか」

「医者に検査に行けとか、そんなに酒を飲むな、とか奥さんが絶えず夫に注意してくれるからでしょう。奥さんはそれがストレスになって寿命が縮まるけれど、夫の方はおかげで長生きする。うちは男二人の所帯ですが、不公平にならないように一週間交代で理性的な妻と医者嫌いでワインを飲み過ぎる夫を演じるようにしています」

そんな冗談を言ってMさんは朗らかに笑ってから、急にまじめな顔に戻って言った。

「死者を国別に数えるという発想そのものにも間違いが隠されているかもしれない」

「それはわたしも思いました。ドイツ人が支配していた地域から軍に加わって死んだ人たちの中には、ドイツという国の人間として死んだことになってしまう人がいる。でもその中には幽霊になって姿をあらわして、自分をドイツの死者の数に入れてくれるな、と訴える人もいるでしょう」

「そうです。しかしドイツ人の遺伝子を持つ人間が何人死んだかを数えることにも意味がない。そもそもドイツ人の遺伝子というものは存在しません。ドイツという国は昔なかったのですから」

「それならどう数えればいいのですか」

「統計をどう使うかじゃないですか。シベリアに抑留されて死んだドイツ人の数ばかり強調する人がいたら、参考として、ナチスドイツと戦って死んだソ連人の数を出す。数字は対話の中で初めて意味を持つ。メッセージはただ一つ。頭を冷やせ、人を殺すな、ということです。ところであなたの親戚には戦死した人がいますか？」

「いいえ」

「わたしも同じです。戦争のせいで死ぬほど苦労しましたが、親戚は誰も戦争で死んでいない。クラス会に出てもそうです。みんな自分は戦争の犠牲者であると思い込んでいるが本人は生きているし、訊いてみると親戚にも戦死した人はいない。それに比べてこれまで話をしたことのあるロシア人は全員、家族や親戚に戦死者がいましたよ。これは統計的には意味がないが偶然とは思えません」

「でもご両親は？」

わたしにそう訊かれてMさんはちょっと驚いたような顔をして、

「病死のようなものです」

と答えた。

わたしは死因についてくわしく訊きたい気持ちを抑えて黙り、Mさんは話題を少しずらした。

「もしロシア人と話をする機会があったら、親戚に戦死者がいるか訊いてみてください」

わたしは次にアリョーナに会った時に訊いてみようと思った。

「実は太極拳のクラスにも一人、ロシア人がいます。初めて行った日に、派手な化粧をしてジャージを着ていた女性ですが覚えていますか」

「ああ、覚えています。真っ赤なジャージを着ていて、稽古の後は空色のモヘアのセーターに着替えていた」

わたしはMさんがアリョーナの着ているものをそこまでしっかり見ていることに驚いた。

「彼女はアリョーナという名前で、ペータースブルクの出身だそうです」

「他にはどんな人たちが来ているんですか？」

「フィリピン出身の女性が一人いますが、覚えていますか。英語がすごく上手くて、ロザリンデ・サントスという名前です。あ、それからこの間チェン先生が入り口のところで同郷人と思われる男性としゃべっていました」

「彼も生徒なのですか」

「いいえ、チェン先生と親しげに言葉を交わしてから帰ってしまいました。夫かもしれません」

「他にはどんな人たちが来ていますか？」

「あとは妊娠している女性とその夫が来ています。体験入学の時に遅れて入ってきた二人です」

わたしはコーヒーを飲み終わるとMさんに別れを告げ、我が家に帰ると机にすがるようにして翻訳の続きにとりかかった。ロシアとかポーランドという国名が頭の中で響き続け、わたしは別の場所へ逃げたかった。もっと南へ、もっと南へ。

「ロカルノの女乞食」を書いたクライストは十八世紀から十九世紀にわたる閾《しきい》をまたいだ。その頃はイタリアという国もドイツという国もなかった。わたしはドイツという国のあることを当然のように感じているが、二百年後には欧州連合が一つの国家になっていて、「ああ、昔はドイツとかフランスとか小さな国に分かれていたんだっけね」と言って信じられないという顔をして笑っているかもしれないのだ。

第二次世界大戦と言えば、早瀬の知人が帰国する時に置いていった絵本がどこかにあったはずだ。諏訪湖畔に疎開した子供の視線から戦争を描いた絵本で、引っ越しの時も捨てなかった気がする。大きいサイズなので確か展覧会のカタログなどと同じ場所に入れたはずだと思ってしばらく背表紙から背表紙へと視線を走らせているとやがて見つかった。

絵本といっても大人のために書かれた絵本だった。主人公は花江という名前で、諏訪湖の近くに疎開している。先生に教えられたとおり自分の国は戦争に勝つと思い込んでいるが、ある日いじめられて一人神社まで駆けていき、小川をのぞいていると水の中からザリガニが出てきて、この戦争ではたくさん人が死ぬ、とつぶやく。花江はびっくりして、そうか、問題は勝ち負けじゃないんだ、勝っても負けても人が死んだら悲しいんだ、と子供心に悟る。

それ以来花江は無口な子になった。寒さをこらえて朝早く起き、布団をきちんとたたんで、おねしょした低学年の子を着替えさせて濡れた下着と寝間着を洗濯し、冷たい空気を手で切って体操し、雑草と芋の入ったどろどろのお粥を食べる。

先生は相変わらず、我が国は必ず勝つからそれまでの辛抱だ、と繰り返しているが、先生の言葉を信じられなくなってきたのは花江だけではないようで、他の子たちも、でももし負けたらどうするの、と尋ねるようになる。負けたらみんなで諏訪湖に飛び込むのだ、と先生がうつむいて答える。敵の人質になるのは恥だから、そうなる前に自ら命を絶つのだ、と。

ところがある日、ソ連が中立をやめて宣戦布告したというニュースが入ってくる。幼い花江にはこのニュースの政治的な意味を全く理解できなかったのになぜか、もうだめだと直感し、その場にしゃがみ込んでしまう。ロシアが裏切ったせいだ、ロシアがいけないんだ、と思ったら涙が出てきた。その時の絶望感がロシアという言葉と合体してしまった。戦後花江は大学に進み、ひょんなことからロシア人の青年と知り合う。

そこまで読むとわたしはどっと押し寄せる疲れを感じて本を閉じ、胎児のように身体をまるめてソファーに横たわった。しばらくそのままでいたが、起き上がる気がしない。何か食べたいとか外へ散歩に行きたいという気力も全く起こらず、ただただ泥になっていった。

「音楽でも聴いたらええやないか。音楽のない生活を続けとると、脳に黴《かび》が生えるで」

とCDプレイヤーがわたしに話しかけてきた。

わたしははっと我にかえって言い返した。

「余計なお世話や。翻訳家が音楽のおかげで適切な訳語を思いついたなんていう話、聞いたこともないわ」

「そら翻訳者はライバルに職業秘密を漏らしたりはしまへんわ。みんな音楽聴きながら仕事しとる。そのこと知らんのは、あんたくらいのもんや」

「ふん。CDなんて複製や。偽物や。クライストの時代には、音楽は全部生演奏やで。ほんものや。音楽はナマでなければあかん。再生音楽なんて価値半分や」

しかしCDプレイヤーも負けていない。

「そうや。あの頃はコーラスやパイプオルガンを教会で聴いたんや。あんたは教会さえ行くのも億劫《おっくう》な怠け者やから、せめて教会音楽のCDでもかけて家でおとなしくしとれ」

「そんなCD持っとらん」

「バッハぎょうさん持っとるやろ」

「バッハは時代がクライストとはちゃうわ」

「そんなことは言われんでもわかっとる。バッハの方がクライストよりよっぽど昔や。だからクライストがバッハの音楽を聴いていたとしても不思議ないやろ」

わたしはしぶしぶ立ち上がって、引っ越し以来作曲家別に並べることもなく、ぞんざいに棚につっこんであるCDの列をばたばたと繰り始めた。バッハといってもステンドグラスを通して神々しい光がさしこんできそうな和音は聴きたくない。かすかに悪魔が光る音がほしい。偶然引き出したCDのブックレットを開くと、「怒れ、魂よ!」という言葉が目に飛び込んできた。これはロカルノの女乞食のセリフであってもおかしくはない。と思ったのはわたしの読み違いで、「怒るな、魂よ!」だった。

宗教は、「怒れ！」と呼びかけたりはしない。もう怒るのも恨むのもおよしなさい、相手の過ちを許して平穏な心をとりもどしなさい、と呼びかけてくる。ロカルノの女にも「怒るな、魂よ！」と呼びかけた方がいいのだろうか。不当な扱いを受けて命を落としたロカルノの女は何度でも怨恨《えんこん》の幽霊になってあらわれた。もし教会から「怒るな、魂よ！」という歌声が聞こえてきたら幽霊は侯爵の罪を許しただろうか。ロカルノの女の運命を翻訳してあげることがせめてもの供養になるのではないか。

わたしは机に向かってクライストの短篇小説の続きを訳し始めた。

「この事件は異常なほど評判になり、侯爵にとっては不愉快きわまりないことだが、多くの買い手は恐がって引いてしまった。しかも驚いたことに、使用人たちの間にも真夜中になるとそれが出るという噂が広まってきたので、侯爵は決定的な方法で噂を根絶してやろうと次の夜、自分の目で確かめてみることにした。夕闇が迫ると例の部屋に寝床をつくらせ、眠らずに深夜の十二時を待ち受けた。しかし魔の時間が鐘を打ち、説明のつかない物音が実際に聞こえてきた時、侯爵はどれほど動揺しただろう。侯爵の身体の下にある藁ががさがさと音をたて、まるで誰かが起き上がり、部屋を横切って暖炉の後ろで深い息を吐き、ああっと声を上げて倒れたように聞こえた」

この幽霊はどうしてはっきり言葉を話さないのだろう、とわたしは不思議に思った。物音とうめき声で自分の存在を知らせるだけだ。せめて名前を名乗ればいいのに、と思ってはっとした。

女の名前は生前すでに誰にも知られていなかった。誰も知ろうとしなかったのだ。

　また猫背になっていることに気づいて、わたしは前屈《かが》みになっている肩を後ろに引いて胸をはった。翼をひろげてこれから飛び立とうとする鳥を思い浮かべてみた。ところが胸をはりすぎて今度は背中が弓のように反っている。それも又よくないのだ、とチェン先生が言っていた。上半身の重さが骨盤の真ん中にどっしり入り、つむじから天にのびた糸によって身体が垂直につり下げられる、その結果、背中がまっすぐになるように心がけなければいけない。背中を機械の部分のように操作して、まっすぐ伸ばそうとしてはいけない。

　その次の水曜日、太極拳学校に行くとお腹に赤ちゃんがいるクレアが、また二人連れで来ていた。クレアは空色のトレーニングウエアを着た連れの男の手をつかんでわたしのところに引っ張ってきて、

「わたしたち結婚していること言ったっけ？　わたしがクレアで、彼がクレオ。彼は夫婦で名前が似ていることを恥ずかしがっているの」

　といかにも可笑《おか》しくて仕方ないというような顔で紹介してくれた。

「名前が似ているから恥ずかしい？　それって変だけれど、なんだか理解できる」

「いつだったかパーティの席で、クレアとクレオなんて、まるでパパゲーナとパパゲーノみたいって言われたの。それで夫はもともと苦手だったパーティがもっと嫌いになったみたい」

「別にパーティは嫌いじゃないさ」

とぼそっと抗議するクレオは、わたしから見ればミケランジェロのダビデ像のような顔立ちをしていて、オペラ「魔笛」に出てくるパパゲーノの道化的イメージとは全く結びつかない。クレアは夫の言うことなど明るく無視して、おしゃべりのさざ波をたて続けた。

「うちの近くでやっている妊娠体操、すごく退屈なの。だからちょっと遠いけれど、わたしたちここまで来て太極拳をすることにしたの。妊婦にも太極拳はすごくいいらしい」

それを聞いて夫のクレオが、「僕も妊婦か」とぼそっと言った。

「あら、妊娠体操は夫婦で参加するものですよ」と南ドイツ風のなまりのある女性が横から口をはさんだ。

女性の鞄からはかすかに砂糖の焦げるような香りが流れ出している。名前は確かベッカーさんではなかったか、それともツッカーさんだったか、とわたしが考えていると、歯科医院を開業している女性が近づいてきてクレアに、

「カルシウムはちゃんと摂取していますか。出産後は歯がぼろぼろになる人がいますよ」

と忠告した。歯医者さんは「オリオン」という名前で、おそらく星座のオリオン座にちなんで彼女が自分でつけた名前だろう。大学に通っていた頃、同じゼミに「北斗星」と名乗る女性がいて、彼女は親にもらった名前で呼ばれると優等生を演じなければならなかった子供時代のストレスが蘇ってきて不整脈になるので、新しい名前を考え出して使っているのだと話してくれた。もしかしたらオリオンさんも親の圧力を感じて育ったのかもしれない。

たとえばオリオンさんの父親も母親も医者で、娘も絶対に医者にならなければいけないと最初から決めつけていて、オリオンさんはそれに反抗して若い頃はパンクになったり、毎週デモに参加したりしていたが、気がつくとやはり医者になってしまったのかもしれない。だからせめて余暇には親にもらった名前は使わずに別人になって太極拳を楽しむ。ただしこれはすべてわたしの勝手な推測に過ぎない。

オリオンさんは不機嫌そうな、とっつきにくい表情をしているが、そのわりにはよく自分からまわりの人たちに話しかける。ロザリンデが英語は得意だがドイツ語が苦手だということに気がつくと、彼女に早速英語で話しかける。

「わたしは歯医者だから歯が痛かったらいつでも言ってね」

それを聞いてわたしはスージーに歯医者を紹介してほしいと頼まれていたことを思い出し、

「友達が歯医者を探しているんですけれど」

とドイツ語で口をはさんでしまった。オリオンさんは急に厳しい顔に戻ってわたしを睨み、

「それでは後で名刺を渡しますから、そこに書いてある時間帯に電話してください」

と答えた。

オリオンさんはやはり厳しい両親に育てられたのではないかと思う。だから英語を話す時は気さくなのに、母語のドイツ語に戻ったとたんに厳格になるのではないかとわたしは思った。

オリオンさんは稽古が終わると更衣室で名刺をくれた。奥歯が宇宙船になって星の間を飛んでいるデザインで、そんなところには意外に遊び心が出ていた。

「ここにある電話番号にかけて予約すればいいんですね。歯が痛いというわたしの友達は車椅子なんですけれど、大丈夫ですか」

と念のために訊いてみた。「車椅子」と聞いてオリオンさんの厳しい顔がほどけて、やさしくなった。

「もちろん大丈夫です。同じビルに外科医院が入っているので、移動用ベッドでも乗れる広いエレベーターがあるんです。電話で予約する時に、太極拳で知り合ったあなたの紹介だと付け加えてくださいね。できるだけのことはしますから」

そのまま家に帰ろうとすると、アリョーナが後ろから追ってきて、いっしょに飲みに行こうと誘った。わたしはしぶった。

「あなたにつきあっていたら、依存症になりそう」

「あなたの場合はせいぜいトマトジュース依存症でしょう」

「ちょっとならつきあってもいいけれど、でも四十分したら帰るから」

「四十分？　細かいのね。いっそのこと四十二分にしたら？」

酒場にはまた同じバーテンがいた。視線が強く、冷たく碧い目をしている。顎の線が鋭く、たるみが全くない。わたしがバーテンの横顔から目を離せずにいるとアリョーナがわたしの耳に口

を近づけて、

「あいつは狙っても無駄よ。女性には興味ないから」

と囁いた。どう答えようか迷っていると、アリョーナが重ねて言った。

「でもあなたの気持ちは理解できる。わたしも最近めっきり顔の美しさに目がいくようになってきてね。顧客の顔を美の対象としてじろじろ見るのはビジネス上、マイナスなのだけれど」

アリョーナはベンチャー起業を夢みる若者にスタート資金を貸す仕事をしているが、資金は死んだ夫から相続したものらしい。

「ロシア人の金持ちはわたしたちが思っている金持ちとは桁が何桁か違う」と話していたのはフライブルク時代に近所に住んでいたツェーベルクさんだ。外反母趾《ぼし》に苦しめられていたツェーベルクさんがバーデンバーデンの郊外にある話題のクリニックのパンフレットを取り寄せると、ドイツ語だけでなくロシア語でも説明が書いてあった。つまりロシア人の顧客が多いということだろう。この病院の行なう手術は美容整形手術扱いになるので保険は利かない、その代わり「美しい足」を保証する、という主旨のことがパンフレットには書いてあった。

手術にかかるお金が数万ユーロと桁外れに高いのでツェーベルクさんは手術を諦めた。その時恨めしそうに「わたしはノイライヒェではありませんから」とこぼした。ノイライヒェというのは成金のことで、ソ連崩壊時に急に金持ちになったロシア人をさす場合が多い。いくらお金があってもファッションやインテリアの趣味が西ヨーロッパの金持ちから見ると悪趣味なので下に見てそう呼ぶ人がいるのだ。急に大きな財産のできた経緯も犯罪的とは言えないまでもグレイゾーンだろう、というニュアンスも含まれている。しかしだからと言って何代も前から金持ちだった人たちの財産がそれと比べて正当な形で得られたものだということにはならない。また趣味という限り、個人の好みの問題なので何世代か前から金持ちだった人が必ずしも悪趣味でないとは言えない。

ツェーベルクさんは運がよかった。「家の中でいつも日本の草履を履いていれば外反母趾は治る」という話を指圧師の資格をとるために勉強しているドイツ人の友人から聞いてきた。元々江戸時代の文化に魅せられていたツェーベルクさんはこの話を聞くと早速わたしに、今度日本へ行ったらZORIを買ってきてほしい、と真剣な顔で頼んだ。そして驚いたことに、わたしが巣鴨の商店街で見つけて買ってきた畳草履を家でいつも履いているとツェーベルクさんの外反母趾は治ってしまった。

草履は確か千円だったから、何百万円もかかる外反母趾の手術と比べるとかなりの経費節約になったはずだ。

しかし草履に効果があったのはツェーベルクさんの思い込みのせいかも知れない。江戸時代は長いし、階層や地域によっても多様だったに違いないのだが、ツェーベルクさんの中には確固とした「ザ・エド・カルチャー」が存在し、それは絶対的にすばらしいものなのだった。自分は日本を愛しているわけではなく、江戸文化を愛しているのだ、とツェーベルクさんはいつも強調していた。

わたしがそんなことを思い出してぼんやりしているとバーテンが注文を早く言えと催促する目でわたしを睨んでいることに気がついた。アリョーナに横から観察されているのでトマトジュースを頼むのは気が引けた。

わたしはふとフーゴというカクテルを飲んだ日の夏の陽射しを思い出した。ミントやライムのさわやかな香りに包まれてワインのアルコール分が炭酸の中ではじけて淡く消えていく。そんな飲物だった。わたしは思わず「フーゴ」と叫んでしまったが、それを聞いてもバーテンは表情一つ動かさず、頷きさえせず、今度はアリョーナの顔を見た。

アリョーナはウォッカをストレートで頼んでから、

「あなたはやっぱり今夜もノンアルコールで行く気ね」

とわたしに言った。ワインが入ったカクテルだと反論しても意味がない。彼女にとってはビールさえお酒のうちには入らないのだから。

わたしは彼女の中指に、店内の光を集めて鋭い角度で反射する大きな宝石の付いた指輪がはめられていることに気がついた。

「強く輝いている。まるで本物みたい」

「本物よ」

わたしは唾《つば》をのみ、ダイヤモンドという単語を口にするのをためらった。

ソ連崩壊後にロシア人の一部がとてつもなく金持ちになったという話は何度も耳にしたが、第二次世界大戦でどれだけ多くのロシア人が死んだかという話はMさんに聞くまで一度も耳にしたことがなかった。こんな風に偏った情報を耳の中に注ぎ込まれ、わたしたちは世界ってこんなものじゃないか、と勝手に想像しながら暮らしている。

「もしロシア人に会ったら親戚に戦死者がいたか訊いてみればいい」とMさんは言っていたが、今ウォッカで喉を潤して気持ちよさそうに目を細めているアリョーナに突然、「ねえ、あなたの親戚に第二次大戦で死んだ人、いる?」などと訊く気にはなれない。アリョーナが問いかけるような目を向けたので、わたしは考えていることを悟られまいと、

「それで若い顧客との間で恋愛関係になったことはあるの?」

と訊いてみた。アリョーナは脂っこく笑って答えた。

「恋愛関係までは行っていないし、行きたくもないけれどね、すごく気に入っている子がいるの。名前はロージャ。最近はかなり打ち解けた話もするようになって、時々口喧嘩《くちげんか》になるくらい親しくなってきたの」

口喧嘩することが親しくなった証拠になる。これは目から鱗《うろこ》だった。わたしは誰とも喧嘩をしないように注意しながら生きているが、それでは誰とも親しくなれない。

「どんなことで口論になるの?」

「ロージャがね、わたしたちの世代は悪魔だって言うの。たいした用事もないのに大きな自動車

を乗り回したり、飛行機で飛び回ったりして、大気を汚す。山を削ったり森をつぶしたりしてつくったホテルで休暇を過ごす。宝石や地下資源を掘り出す仕事をしている人たちの労働条件についてなんか考えたこともない。とにかく害になることばかりをして自分は金持ちになったと自己満足して喜んでいる成金悪魔」

「だから生活を改めろって、ロージャはそう言ったの？」

「わたしみたいな人間は根が腐っていて、生活を改めるなんて無理だから最初から存在しない方がいい、とか言っていた。でもわたしがいなかったら、あなたみたいなダメ男に投資する人は誰もいないのよって言ってやった。ちょっと言い過ぎだったかなってすぐに後悔したけれど案の定、ロージャはすごく怒って喧嘩になった。でもね、しばらく喧嘩して疲れて黙ると、急に甘い雰囲気になるの。ロージャだって本気で環境問題について考えているわけじゃないけれど、ただわたしを怒らせるために誰かのセリフを真似しているだけなのよ。わたしは成金と言われても傷つかない。それに口喧嘩だって一種の花火でしょう。火薬のないところに恋はない」

アリョーナはやっぱりロージャと恋愛しているのだろうかとわたしが考えていると、

「あなただっておとなしそうにしているけれど、恋愛すれば怒ったり叫んだりするんでしょう」

と言ってアリョーナはわたしの目の奥底を執拗に覗き込んだ。そう言われてみると、昔、早瀬と知り合ったのは口論がきっかけだった。わたし自身講師に食ってかかったのは初めてだったので、自分に驚いて動揺したのを覚えている。

「そう言えば、別れた夫とも口論がきっかけで親しくなったの。それまでわたし、年上の人を批判したことなかったので自分でも驚いた」

「どうして年上だと批判しないの？　役職が上の人ということ？」

「まだ大学にいた頃だから、歳が上ということイコール自分より人生経験をより多く持つ人ということだったの。だからその人の言うことは間違っているように思えても従うべきだと思っていた」

かつてわたしが暮らしていた環境でよく使われてきた、「先輩」、「生意気」、「迷惑」、「目立ちたがり屋」、「ひとりよがり」などの言葉がふいに意識の水面《みなも》にぶくぶくと泡のように浮かんでは一つ一つはじけていった。

「つまりあなたは上司の前では、言いたいことを言わないで口を閉ざしていたのね。それなのに上司に好きな人が現れた途端、口を閉ざしていることができなくて、衝動的に思っていることを正直に言ってしまって喧嘩になった」

そんなことは別にめずらしくもなんともないという口調でアリョーナがまとめてみせた。

「本来の自分を隠しておとなしくしていることを日本語では猫を被るって言うの。猫の皮を被っているのは虎かもしれない」

「つまり羊の皮を被った狼ね」

「狼よりも虎の方が恐ろしいでしょう」

「虎は子供を可愛がるのよ」

「狼だって子供は可愛がるでしょう。とにかく、別れた夫とは口論したことで距離が縮まって、結婚してから一年くらいは時々感情的になって激しい口喧嘩をしていた。でも、別れる前数ヶ月は全く喧嘩しなくなった」

「それよ。火が消えたら闇だけれど、炎が大きくなりすぎたら火事。今のわたしとロージャくらいの火加減が丁度いいの。この間もつかみ合いになって、わたしが床に倒れた。でもロージャもさすがにこんなおばあちゃんに暴力をふるっても仕方ないと思ったんでしょう。急に悲しそうな顔をして、倒れたわたしを抱き起こして抱きしめて、何度も許してくれって哀願した。可愛かったわ。それからスグリのジャム入りの紅茶を煎れてくれた。これは同郷人にしか分からない味だと思う。甘酸っぱくて、同時にほろ苦い紅茶を飲むと気持ちが落ち着いて、ついさっきまで興奮していた自分が他人のように思えてくる。

　それからロージャったら、実は事業を広げたいと思っているので資金を貸してくれないかって言い出した。スグリのジャム入りの紅茶は真心から煎れたものではなくて、わたしに投資させるための芝居道具だったんだって、そう思った途端にかっと腹が立って、最初に貸してあげたお金だって、まだ一度も利子さえ返してもらっていないことを指摘してやった。そうしたら恨めしそうにわたしを睨んで、お前にビジネスのことが理解できるのか、なんて生意気なこと言うじゃない。わたしはビジネスのことが理解できるからこそあなたと違って財産が増えていくんだって言って、聖書より厚い札束を見せつけてやったわ」

「え、家にそんなにたくさん現金を置いているの」

「大した額じゃないから心配しないで。旧約聖書くらいの厚さの札束ひとつだけよ」

わたしは旧約聖書がどのくらい厚いのか思い出せなかったので曖昧に頷いてみせた。まさか十ユーロ札の札束ではないだろうから少なくても百ユーロ札、もしかしたら五百ユーロ札かもしれない。総額いくらくらいになるのだろう。計算するのが恐かった。

家に現金を置くのはいずれにしても危険だという話をよく聞く。先日テレビを観ていたら、いろいろな人に自宅に現金を隠してもらって、かつて空き巣をやっていた人にそれを探してもらう、という企画の番組をやっていた。隠す現金は分厚い札束ではなく、せいぜい百ユーロ紙幣が十枚くらいだった。ほとんどの人は銀行から一度に現金でおろす額はどんなに多くてもこのくらいが限度だろう。

最初の人は紙幣を封筒に入れて、マットレスとベッドのフレームの間につっこんで隠したが、元空き巣さんはまず寝室に入るとベッドに直行し、封筒を見つけるまで二十秒しかかからなかった。さすがプロだ。

次の人は居間の壁にかけられた油絵の裏面にお札を入れた封筒をガムテープで貼って隠した。元空き巣さんは封筒を三十五秒で見つけて苦笑しながら、「こんな古典的な隠し方をする人がまだいるんですね、でも印象派の絵の複製を壁にかけている人は、結構その絵の裏に隠す人が多いんです。抽象画の場合はそうでもありません」と語った。なるほど部屋の様子から住人の性格を読みとり、それを参考に現金の隠し場所を判断するらしい。最近流行っているプロファイリングというのは警察側だけでなく、空き巣側もやっていることなんだな、とわたしは妙に感心してしまった。

次は子供部屋に隠された現金探しだが、長年空き巣をしていた男はプロらしい器用な手つきで棚に並んだぬいぐるみを次々触っていって、後ろにチャックのついた熊のぬいぐるみを触った瞬間口笛を吹き、熊の身体の中にまるめて輪ゴムでとめてあった札束を見つけた。見つけるまでにかかった時間は五十八秒。

次は壁一面に本が並んだ書斎に現金を隠した例だった。こんなにたくさん本があるのでは一冊ずつ調べるのは大変だろうと思って見ていると、元空き巣さんは他の本には見向きもしないでさっと聖書に手を伸ばした。聖なる言葉の間にお札が挟んであった。「だって小説の中に隠したら自分でもどの小説だったか忘れてしまうでしょう？　それに来客がその本を手に取ってめくってみる可能性もあります。特殊な本で、お客さんが手に取る可能性がない本と言えばやっぱり聖書です」と元空き巣さんは得意げに説明した。

その他にも引き出しの裏にお札を入れた封筒をガムテープで貼ったり、プリンターの機械の下に置いたり、現金の隠し場所はいろいろあったが、どれも経験を積んだ元空き巣さんの目を逃れることはできなかった。

一番驚いたのは元空き巣さんが台所に入って冷蔵庫をあけ、コカコーラのペットボトルを取りだした時だった。

そのボトルは真ん中をねじると上下に分かれ、赤い液体が入っているのは外側の薄い空間だけで中に収納スペースがあり、まるめて輪ゴムでとめた札束が入っていた。

元空き巣さんはにやにやしながら、「最近はこういう製品も出回っていますが、新製品を一番熱心にチェックしているのは現役の空き巣ですからね、あまり新製品に飛びつかない方がいいですよ」と忠告した。この人はテレビに出て謝礼をもらい、視聴者の賞賛を浴びたかっただけかもしれないが、それでも結果的には自分のかつての職業を生かして世の中のために尽くしていることになる。


最初は暗く感じたバーの照明は目が慣れてくると意外に明るいものだった。わたしは半分好奇心から、半分は友情からアリョーナに、

「空き巣の心配はしないの？　札束はちゃんと隠しているの？」

と訊いてみた。すると驚くべき答えが返ってきた。

「クッキーの缶に入れて、棚に入れてあるの」

わたしは呆れて声も出なかった。

「それって盗んでくれって言っているのと同じでしょう」

「どうして？」

『ダンサー・イン・ザ・ダーク』っていう映画、観たことないの？　お菓子の缶にお札を隠している話」

「誰が？」

「アメリカに住んでいるセルマという女性。チェコからの移民で、遺伝性の弱視でほとんど目が見えないの。アメリカの工場で働きながら息子の目の手術のために貯金していて、お菓子の缶にお札を隠しているのだけれど、家主の男に全部盗まれてしまう。この男は警官なのに道徳心に欠けていて、お金を返してと頼むセルマと喧嘩になって、結局はセルマの方が殺人で訴えられて死刑になるの」

「ひどい話ね。でも映画と現実は違う。わたしのお金は絶対に盗まれたりしない。あなた、映画が好きなんでしょう？」

「確かに映画は好きだけれど音楽も好き。セルマの役を演じているのはビョークなの」

わたしはアルコールが身体にまわってきて鼻の奥に平衡神経を狂わせる熱気のような酔いを感じ始めたので、まだまだ飲み足りないという顔をしたアリョーナに別れを告げて家に帰った。

わたしは映画を観るのは好きだが、自分から映画館に通うほどではない。友達に誘われて初めて、映画館の椅子独特の匂いがしてビロードの闇に包まれると別の世界に運ばれていく快楽が蘇り、行きたいと思う。

土曜の午後、動物園駅の近くにある映画館で日本の映画をやっているからロベルトと三人で観に行こうとパウラから電話があった。映画の題名を訊くと、答えは「なんとかバラード」で、その「なんとか」の部分は日本語で日本映画だと言う。その映画館では今、社会福祉を考える古今東西の名作を二週間にわたって上映しているのだそうだ。「なんとかバラード」というタイトルで社会福祉に関係のある日本映画というと一体どんな映画だろうか、とわたしは首を捻《ひね》った。

「どう？　観に行きたくなかったら断っていいのよ」

「もちろん観たい。すぐに答えられなかったのは何の映画かな、と考えていたから」

わたしは電話口で長く黙ってしまう癖がある。こちらはただ考え事をしているだけなのに、顔が見えないので相手は心配してしまうようだ。

当日は早めに映画館についたのでロビーに置いてあった長椅子にすわると、「楢山節考」という漢字四文字がいきなり目に飛び込んできた。目の前に貼ってあるポスターの中で、漢字は単にデザイン構成要素として使ってある。ここにいる人たちのほとんどが漢字など読めないに違いないので、わたしだけが文字の裸の姿をつきつけられたようで胸がどきどきした。

ドイツ語のタイトルは「ナラヤマのバラード」。驚いた。わたしの頭の中では、説経節、浪花節、ソーラン節と同じ場所に保存されている楢山節の「節」をドイツ語に訳すと、「バラード」という全く別の場所に保存されている言葉が飛び出してくる。わたしの中でセレナーデ、ラプソディ、ソナタに近い場所に保存されていたバラードから一本の糸が説経節にむかってアサガオの蔓《つる》のように伸びていき、それは快感だった。

名訳は意外な方向から飛んでくるパンチと似ている。わたしには「節」を「バラード」と訳すだけの軽やかなフットワークがない。ボクシングでもしているつもりで翻訳をしたら、第一ラウンドでノックダウンされてしまうだろう。翻訳はもっとゆっくり動けばいい。たとえば太極拳のように。しかし時には足の裏が床を離れてしまうような跳躍の瞬間もあった方がいいのではないか。それでなければ説経節からバラードに飛ぶことはできない。そんなことを考えていると、パウラとロベルトが踊るような足取りであらわれた。近況を簡単に報告し終えるとロベルトは早速、

「この映画館のポップコーンは特にうまいんだ」

と言って背を向けて、売店の方向に速歩《はやあし》で去った。映画館によってポップコーンの味に差があるのかどうか確かめてみる隙も与えなかった。

パウラに「何か飲物ほしい?」と訊かれ、わたしは「ビオナーデ」と答えようとして舌がもつれ、「ベルリナーレ」と答えてしまった。前者はレモネードのドイツ語読みである「レモナーデ」にかけて命名された炭酸飲料の名前、後者はベルリン映画祭の通称。意味は無関係だが響きが似ている。パウラはぱらぱらと笑って、「ベルリナーレもいっしょに行こうね」と言った。未来に向かって友情の糸を小まめに紡ぐことを忘れないパウラの温かさを感じた。

映画が始まるとわたしは軽い違和感を持った。それがなぜなのかすぐには自分でも分からなかった。大変貧しい村が舞台になっていることは確かだった。やっと飢え死にしないでいられるく

らいの食料しかないはずだった。ところがスクリーンに映し出された若い俳優たちがわたしの目にはバブル最盛期のぴちぴちした肌と肉を持っているように感じられたのだった。

絵に描いたような貧乏な暮らしという表現があるが、実際の貧乏は絵のようにはっきり目に見える部分は少なく、むしろ目立たないように隠された貧しさ、あるいは目立つ元気もないほど影の薄い、疲れた貧しさなのではないか。

映画で描かれた貧乏には目を惹く野性が付け加えられていた。もし貧乏が野性の美しさを伴うものなら、わたしたちの目は現実の中でも貧乏に目を惹きつけられるはずだと思う。

ところが実際の貧乏は目には見えにくいか、目をそらしたくなる悲しさを伴っている。映画に描かれていたのは、見る者の心に羨望をさえかきおこす貧困だった。地位や名声や財産を気にすることなく、今ここに湧き出る性欲そのものが肌、瞳、唇の輝きに溢れ出ているように撮影されていた。カエルのオスがメスの背中に乗っている様子がとびきり性能のいいレンズで映し出された。

弟が犬と交わる場面では、観客たちは呼吸をとめ、芋虫を食べる場面ではげっと喉をつまらせるのが暗闇の中でも感じられた。芋を盗んだ家族を村のみんなが網でとらえて生き埋めにする場面では、「あなたたちはこんな残酷なことをする民族なのか」という非難の矢が四方からわたしの方に飛んできて、肌に刺さるような気がした。

映画が終わるとパウラとロベルトは沈んだ顔をしていて、これから飲みに行く気にもなれないようだった。わたしの方から、「映画館の中にあるカフェテリアで軽く何か飲んでから帰ろう」と誘った。このまま一人家に帰るのは気が重かったので、気まずさを破って二人と話をしてから帰りたいと思ったのだった。

セルフサービスの列に並んで待つ間、わたしたちは三人とも黙って映画の画面を反芻《はんすう》していた。二人は白ビールを、わたしは林檎サイダーを頼んだ。こわばった舌をビールがほぐしてくれたのかロベルトはゆっくり話し始めた。

「この間、ルイス・ブニュエルの『糧なき土地　ラス・ウルデス』という短篇《たんぺん》ドキュメンタリー映画を観たんだけれど、百年前にはヨーロッパにもあんなに貧しい村があったんだと知って驚いたよ。今日の映画に出てきた日本の村よりももっと貧しかった。それでも日本ほど残酷な国民性は育たなかった」

わたしはかちんときて、

「残酷ってどうして？」

と問いただした。

「だってみんなの食料を盗んだ奴を生き埋めにしていたじゃないか。それに老人を山に捨てるなんてひどすぎるよ」

「老女は自分から山へ行くと言ったのよ」

ロベルトの興奮をしずめるようにパウラがその上腕を撫《な》でながら言った。

「山に行きたがらない老人もいたじゃないか。それに自分から死ぬなんて、もっと恐いよ。南米には今もまだ貧しい人たちが住んでいる。でもそんな残酷な風習はないと思うよ。自殺者も少ないし」

「昔の人の考え方では、自殺というより山の神様のところへ行くということだったのでしょう。自分を喜んで迎えてくれる山の神様のところへ行った方が、働けなくなってみんなに憎まれて生きるよりいい、とおりんは多分思ったのでしょう」

わたしはそれが本当に自分の意見なのか自信はなかったが、とりあえずおりんの側を代表するような気持ちでそう言ってみた。

「山の神様なんていないこと、村の人たちもみんな本当は気づいている様子だったじゃないか。そもそも働けない人と働ける人の命の重さが違うというのは間違っている」

自分の吐く正論にますます興奮してきたロベルトの額を冷ますように掌を当ててパウラが、

「でも昔の人は、貴族の命の方が庶民の命よりも価値があると信じていたくらいだし、男の命の方が女の命より大切だって思っていた人もいたみたいだし。それって、ちょっとひどくない？女の命の方が大切に決まっているのにね、ロベルト、あなたも当然そう思っているんでしょうね？」

とそんな冗談を言った。パウラはエスカレートしそうなわたしとロベルトの議論をどうにか抑えようとしている。

わたしたち三人はしばらく黙っていた。気まずさはなかったが、どちらの方向に会話の舵《かじ》を取ったらいいのか見当がつかなくなっていた。そのうちパウラがぽつんと言った。

「ルイス・ブニュエルが撮影した貧しい人たちの姿にはわたしもショックを受けたの。栄養失調で扁桃《へんとう》腺機能が低くなっていて、とろんとした目をして道端にすわっていた。でも『楢山節考』に出てきた人たちはすごく元気そうだった」

ロベルトはそれを聞くとまた怒りが蘇ってきたようでこんなことを言った。

「そうだよ。あれだけ元気なら、一人分の食事の量を少し減らせばいいじゃないか。そうすれば老女一人くらい養えるだろう。みんな走ったり、重い物を持ち上げたり、叫んだりしていたじゃないか。本当に飢えている人間は、あんな動きはできないはずだ。それなのに若い人は腹一杯食べて、まだ元気で生きている老人に自殺させるなんてひどすぎるよ」

「でもそれは国民性の問題ではないでしょう」

という言葉がわたしの口から飛び出した。ものを考えるより先に言葉が口から出てしまうことがある。パウラはわたしの肩に手を置いてしきりと頷きながら言った。

「そうよ。国民性なんていう言葉を使うのはよくないわ。まるで国が人の性格を決めてしまうみたいじゃない」

ロベルトは自信をなくしたのか小声になって誰にともなく問いかけた。

「でも国民性じゃなかったら何なのさ。まさか気候のせいじゃないだろう」

そう言ってからロベルトはビール瓶を軽く振ったが中はもう空っぽである。物足りなそうな顔をしていたのでもう一本飲めばとわたしがロベルトに勧めるとパウラが、

「わたしたち二人とももう充分飲んだから、これから家に帰って寝ます」

とロベルトの代わりに答えた。わたしも楢山に一度登って、来た道を引き返してやっと里まで下りてきたような疲れを感じた。

帰りの地下鉄の中で、自分が姨捨《うばすて》の伝説について書かれた本を一冊家に持っていることを思い出した。それにしても不思議だ。あの本を捨てないと決めた時は、まさかベルリンで「楢山節考」の映画を観ることになるとは思わなかった。わたしの知らないところで運命の蜘蛛が絶えず巣を張る作業を進めていて、どちらに動いてもその糸が手足にからまり、いつの日かわたしが巣の中心にあるテーマを食べるか、あるいは巨大な蜘蛛がわたしを食べてしまうか、どちらかだろう。

家に帰ると早速本棚にへばりついて、姨捨山について書かれた本を探した。臙脂《えんじ》色の背表紙がすぐに目に飛び込んで来た。画数の多い漢字がびっしり並んだ本だった。前書きを読むと、「楢山節考」の小説と映画が有名になってから日本には昔から姨捨のしきたりがあったと信じる人が増えたが実際はどうなのか、そんなしきたりは存在したのか、と書いてある。

ぺらぺらとページをめくっていると、まず姨捨山の伝説の例が集めてある。第一話を読み始めると、すぐに吸い込まれていった。

ある村に母親思いの一人の男が住んでいた。その村には長男が年取った母親を負ぶって山に捨てに行くしきたりがあった。男はもうとっくに母親を捨てにいかなければならないのになかなか決心がつかず、延ばし延ばしにしていた。そしてある夜、翌日こそ捨てに行かなければならない、と長男が悲壮な決心をすると、老母は、これから洪水が起こるから村の者はみんな山に逃げた方がいい、と言い出した。初めは半信半疑だった村人たちも不吉な風が吹き始め、川面に鬼の顔が浮かびあがると荷物を担いであわてて山の上に逃げていった。川は大氾濫を起こし、その夜のうちに家々は流されてしまったが村人たちは命拾いした。なるほど老女には大きな危険を敏感に感じとって共同体を救う能力があるのだ、と村人たちは感心し、それ以来姨捨のしきたりは廃止された。そんな言い伝えだった。

わたしはすぐに第二話も読んだ。ある男が村のしきたりに従って、年老いた母親を山の中に捨てなければならなくなった。息子は山を登っていき、白骨ばかりが散らばった見晴らしの良いところまで来た。母親をそこで下ろし、しきたり通りに振り返らずに来た道を引き返そうとするのだが、男は道に迷ってしまう。男は仕方なく母親を捨てた場所まで一度戻る。すると母親が、そんなこともあるかと石を割ったものを置いて目印をつけておいたからそれをたどれば村に帰れる、と教えてくれた。最後の最後まで自分のことを気遣ってくれたのかと思うと男は涙がとまらず、結局は母親をまた負ぶって村に戻った。

どちらの話も内容は「姨捨伝説」ではなく、「姨捨てなかった伝説」だった。姨捨のしきたりが果たして史実として存在したのかは疑問である、不作の年に年寄りを捨てたい、と思う人はいただろうが、むしろ捨てるべきではない理由が言い伝えとして残っているのが面白い、とこの本には書いてあった。

その夜、不思議な夢を見た。拳くらいの丸いパンを紙袋から出して二つに切ると、刃に当たった断面が乾いてぼろぼろと欠けた。

わたしは森の中にパンくずをおとして行けば、いつか老齢に至ったわたしも帰り道を見つけることができるだろうと思って、パンくずを封筒に入れて森に入り、道なりに撒《ま》きながら、どんどん奥深く進んで行った。

ところがその時、緑がかった羽を光らせて小鳥が数羽、舞い降りてきて、パンくずをついばみ始めた。これでは帰り道が分からなくなる、鳥たちを追い払わなければならない。そう思ったところで目が醒《さ》めた。

パンを千切って目印をつけたのは確かグリム童話のヘンゼルだった。ヘンゼルは小さな男の子で、妹のグレーテルと二人、森の中に捨てられてしまう。賢いヘンゼルは帰り道が分かるようにとこっそりパンを千切って撒くが、それを鳥がついばんでしまい二人は家に帰れなくなる。森の中をさまよっていると、お菓子でできた家がある。お腹をすかした二人の子供たちはその家に飛びついて、外壁のお菓子をはがして食べ始める。すると家の中から老婆のような魔女が出てくる。

それにしても老婆というのは一体何歳の女性を指して言うのだろう。気になってインターネットで調べてみた。グリム兄弟が童話を編纂したのは十九世紀初めのことで、中央ヨーロッパの平均寿命は彼らの生きた時代でも三十代だと書いてあった。魔女と呼ばれる老婆は何歳くらいの想定だったのだろう。

当時の女性には、死ぬまで子供を産み続けるか、修道院に入ったり魔女になったりして子供を産まないで過ごすか、二つの選択肢があった。子供を産めない年齢になってから人生の後半を生きる現代女性の一生というのは、当時の人には想像もできないものだろう。わたしも少しずつその「後半」が近づいてきているので、最近歳《とし》をとるということが妙に気になるのかもしれない。

以前は単に老人だと思っていた人たちが、仲間のように感じられるようになってきた。Mさんのことも、数年前のわたしだったら友人と思うことなどできなかっただろう。今はたとえ四十歳離れていても友人だと思える。

旅に出たMさんが、いつベルリンに戻って来るのか、そのへんの記憶がわたしの中で曖昧になっている。

二週間くらいの予定だ、と照れた笑いを浮かべて言ったような気もするし、数週間滞在する、とスカッと言い切ったような気もする。あるいはいつ帰ってくるかについては、ほのめかしさえしなかったかもしれない。

いずれにしてもMさんはしばらく太極拳学校に来ることができない。そのことを次の稽古の日

にチェン先生に伝えると、先生は明るい肌にすっきり綺麗に引かれた眉をひそめて、

「それは困りましたね。今日から毎回一つ、新しいフォームを学びます。それが二十四個つながった時に、いわゆる二十四式が完成するのです。一回休む度にフォーム一つ分、遅れることになります」

と言った。

「それでは一回も休めないんですか」

とクレアが横から心配そうに尋ねた。手足のほっそりしたクレアはお腹だけがスイカをまるごと入れたようにふくれていた。お腹の中にいる子が生まれた直後のことを心配しているのだろう。チェン先生はにっこり笑って、

「そんなことはありませんよ。休んでも大丈夫です。繰り返し練習しますから。十年でも二十年でも」

と答えた。クレアは遠い目をした。二十年後にはお腹の中の子ももう成人している。一体どんな人間になっているのだろうと考えているのかもしれない。

この間チェン先生と親しげに立ち話していた男性がまた出入り口に姿を現した。先生がそそくさと近づいていって何か言うと、男は頭を掻《か》いて言い訳するように答えていた。二人とも声に張りがあって離れていても一音節ずつきちんとわたしの鼓膜に届いた。二人の発音には違いがあった。中国には何種類もの話し言葉があると聞いたことがある。二人は別々の地方の出身なのだろ

うか。それとも発音の違いは個人的なものなのだろうか。チェン先生は温かさの中にきびきびしたリズムのある話し方で、男の方は少し甘えたかすれ声で話していた。彼がジャッキー・チェンに似ていると言って目を輝かせていたアリョーナがその男を凝視しているのでわたしは、

「あの人は多分、チェン先生のパートナーでしょう」

と言ってアリョーナを現実に引き戻そうとした。

アリョーナはふんと顔をそむけて意地を張るように、

「だからといって、映画俳優ではないとはかぎらないでしょう?」

と言うなり、つかつかと男に近づいていって、

「すみませんがあなた、映画に出ていませんでした?」

などとしらじらしい鎌をかけている。アリョーナのずうずうしさが恥ずかしくてわたしは両手で顔を覆いたい思いだったが、実はわたしも答えを知りたかったので、すり足で近づいていって大柄なアリョーナの背中に身を隠すようにして耳をすました。

男は迷惑そうな顔をするどころか顔を輝かせて、

「ええ、アクション映画に出たことがあります」

と魅力のあるかすれ声で答えた。アリョーナは肩を乗り出して、

「香港映画ですか?」

と掘り進んだ。すると意外な答えが返ってきた。

「いいえ、日本映画なんです」

男はわたしの方をちらっと見てから、

「もう五本くらい出演しました。日本のアクション映画なんです」

と興奮気味に声を高めて付け加えた。アリョーナが「すごい」と叫ぶと、男は照れくさそうな笑いを浮かべた。得意げな表情の中にも愛嬌があり、憎めない顔だった。チェン先生はあきれた様子で男の背に手を当てて戸外に押し出しながら、

「まったくこの人は映画と聞くとすぐに心が蝶になって舞い上がるから困ります。アクション映画の俳優といえば格好良く聞こえますが、かなり悲劇的な職業です。監督に頼まれて高い塀から飛び降りて足をくじいたこともあるし、相手の俳優が下手でパンチが眉に当たって三針縫ったこともあるんですよ。そういう危ない仕事は引き受けないで、地道に太極拳を教えて暮らすのが正しい道だといつも諭しているのですが、聞く耳を持たなくて」

と困り顔で笑いながら愚痴をこぼした。年下の夫なのかもしれない。あるいは年下であるかのように振る舞ってそれを楽しんでいるのかもしれない。

その日の稽古は、伸ばした腕をゆっくり前に持ち上げ、それをまたゆっくり下ろす練習から始まった。

「地面の底に含まれている力を吸い上げるように掌を上に向けてゆっくり腕を上げていってください。腕が地面と水平になったら、今度は掌を下に向けて、大きなボールに肘をのせるように腕

の重さを任せながら、ゆっくり下ろしていってください。最初に下りていくのは肘です」

わたしはそう言われて肘を意識した。ドイツ語では競争社会のことを肘社会と言う。肘で左右の競争相手を突き飛ばして進むイメージが浮かぶような表現だ。肘は邪魔なものに最初にぶつかる。そんな肘が今柔らかいボールの上にやさしくのせられ運ばれていく。

「あ、お尻は突き出さないでください。背中を真っ直ぐにして、上半身の体重を均等に骨盤にのせてください。前屈みになってはいけません。後ろにふんぞりかえってもいけません」

今度は正面を向いた姿勢から、ゆっくり身体《からだ》をねじって斜めに立つ練習をした。そして目に見えないボールを両手で抱える。抱えるといっても特殊な抱え方で、右手をボールの上にのせ、左手でボールを下から支えるのだ。そして左足を前に踏み出し、見えないボールを下から支えていた左手をゆっくり前にさし出す。ボールの上にのっていた右手は後方に流れ落ちる。この動きをチェン先生は「野生の馬のたてがみを分ける」と呼んだ。わたしが、

「分けるというのは三つ編みにする時に髪を分けるみたいに分けるんですか」

と質問すると、チェン先生は目を細めて、

「そうですよ。やさしく撫でてください」

と答えた。

「でも馬が三つ編みをしますか」

「多分しないでしょう。三つ編みは忘れて、ただたてがみを撫でるところを想像してください」

先生はどんな質問をしても権威をふりかざさず、友達のように答えてくれる。しかも彼女のドイツ語はこれまで何年もの年月、多くのドイツ人たちの質問の波に洗われてきたのだろう。洗いたての肌着のように清潔で、媚びることなく、偉ぶることもなく、温かかった。

野生の馬がたてがみを撫でさせてくれることなどあるのか、という疑問がわたしの頭の中で膨らんでいった。たいていの野生動物は近づいただけで逃げてしまうはずだ。野生の馬を捕まえて縄で繋いで無理にたてがみを撫でようとしたら首をふりまわしたり、脚で蹴ったりして抵抗するに違いない。

わたしが初めて馬に触れたのはフライブルクの郊外にある牧場に行った時のことだった。馬小屋の中にいる馬の顔をおそるおそる撫でると、馬は突然ぶっと鼻息をたてて、わたしを振り飛ばすように鼻先を持ち上げた。口の中から桃色の歯茎と大きな歯が見えた。

野生の馬のたてがみになど触れられるはずがないのに、誰一人としてこの表現に疑問を持ってはいないように見えるのが不思議だった。「野生の馬のたてがみを分ける（Mähnen des Wildpferdes teilen）」とドイツ語で言うとひどくエキゾチックに響くので、実際の意味を理解しようという気持ちが起こらず、「東洋らしい」と感心して満足してしまうのかもしれない。ちょうど中華料理屋のメニューに「千歳の卵（Tausendjährige Eier）」と書いてあるのを見て、「実際に千年たった卵なんですか」とウエイターに問いただす客はなく、そういう名称はいかにも中国の伝統文化の香りがする、と妙にあっさり納得してしまうのと同じだ。そもそもピータンを「千歳の卵」と訳したのは誰なのか。レストランのメニューに翻訳者の名前が載っているのは見たことがない。

　家に帰ったら太極拳二十四式の第二番目の型である「野生の馬のたてがみを分ける」を中国語では何と呼ぶのかインターネットで調べてみよう、と思った。中国語ができるわけではなかったが、どんな漢字を書くのかが分からないとどんな知識も宙ぶらりんで脳に着地しないような気がした。

　稽古が終わって更衣室で着替えていると、アリョーナが寄ってきたので、「楢山節考」という映画を観に行った話をしてみた。アリョーナは観たことがないそうなので内容を説明していると隣にいたオリオンさんが、

「その映画、わたしも観ました。自分と同じ名前の主人公が出てきて驚きました」

　と言った。

　わたしはすぐには意味が解せずぽかんとしていたがはっと気づいて、

「ヒロインの名前はオリオンではなくてオリンです」

と訂正した。オリオンさんは間違いを指摘されればむっとして黙るタイプかと思っていたが意外にも豪快に笑って、

「なあんだ。オリオンじゃなくてオリンだったのね。捨てられる老女の役ならわたしにぴったりだと思ったけれど、わたしはOが一つ多いおかげで山に捨てられないで助かったわけね」

としなやかに受けて答えた。

オリオンさんは英語を話している時だけ社交的でドイツ語になると気難しくなる人かと思っていたら、今日はドイツ語を話しているのに上機嫌で、わたしの右腕に親しげに左手の指で触れながら話し続けた。

「でも名前が同じだと思い込んだだけではなくて、実は我が身のことのような気がして親近感を覚えたんですよ。わたしも捨てられた老女です。去年、腰の手術をして三週間も仕事を休んで家にいたんですけど、息子は忙しいからって一度も来てくれなかったんです」

「それは残念でしたね。息子だったら買い物して料理をつくるくらいのことをしてくれてもいいのに」

とアリョーナが横から相槌を打った。

「そこまでは期待していません。でもわたしの好きなケバブを近くの店で買って持ってきてくれるとか、そのくらいのことはしてくれてもいいのに。アジアでは年取った親はとても大切にされるでしょう?」

そう言ってオリオンさんがこちらをじっと見た。わたしは苦笑して、

「アジアといっても広いので一概には言えません。たとえば南コリアなら、けっこう親を大切にすると思うのですが」

と答えた。ドイツ語では韓国を南コリア、北朝鮮を北コリアと呼ぶので、統一前の東ドイツと

西ドイツみたいに一度は喧嘩別れしたけれどいつか又いっしょになりそうなペアのように聞こえる。

みんながなんとなく黙ってしまったのでわたしは、

「ちなみに怪我《けが》した場合、買い物などの手伝いをしてくれるヘルパーさんを頼めば、介護保険でカバーできますよ」

と保険制度にくわしいスージーからもらった知識を受け売りしてみた。

「それがね、息子は自費で頼んだ変なヘルパーさんを送りつけてきたんです」

「変なヘルパーさんって、どんなヘルパーさんですか」

「息子に変装したヘルパーさんです」

「変装？」

「その通り。変装は保険ではカバーできないサービスだから息子が自分の財布から払った、と恩着せがましく言うんです。こちらはそういうところにお金を使ってもらっても少しも嬉しくないのにね」

「でも変装と言っても赤の他人が息子さんに変装するなんて、そんなことできるんですか」

「歳も背格好もほぼ同じくらいの若い男がね、髪型まで息子と同じに整えて、化粧で顔を修整して、息子の洋服を着て現れたの。もちろんあまり似ていなかっただけでなくて、気持ち悪かった」

横で赤ちゃんの入ったお腹を大切そうに撫でながら笑いを噛《か》み殺していたクレアが、

「そういうのは日本ではコスプレって呼ぶんでしょう」

とわたしに訊いた。コスプレ文化は確かに存在するけれど、ヘルパーさんがコスプレして現れるサービスは日本にもないかもしれない、と答えようとしたが、わたしが口を開く前にオリオンさんがクレアに先輩ぶった口調で、

「あなたも息子が生まれたら気をつけなさいね」

と注意した。

クレアは夢見心地で、

「いいえ、大丈夫です。生まれるのは女の子ですから」

と答えた。

「ところで、オリンは随分誇りが高いのね」

オリオンさんが「楢山節考」に話題を戻した。わたしはもう着替え終わっていたがそのまま帰るわけにはいかなくなって少し話に付き合うことにした。

「誇りですか？」

「死ぬのなんて全然恐くないという態度を見せていたけれど、そんな人がいるはずありません。歯医者をやっていると分かります。管理職について厳しいビジネスの世界で毎日闘い続けている五十代の男性でも、よだれかけをしたまま診察室から逃げ出すことがあるくらいです。ただの虫

歯で、ちょっと削るだけなのにですよ。もちろん麻酔も使うし、全く痛くないはずです。だから雪山で凍え死ぬのが恐くない、なんてことはありえません」

「でもそれは本当に誇りでしょうか」

「オリンは自分が山に行くだけでなくて、情にほだされて山に母を捨てにいけない男を軽蔑していたでしょう。軍人みたい」

「そうでしたっけ」

「侍とか騎士とかが弱さを人に見せないというのはありますよ。でもオリンたちは農業をやっているわけでしょう。植物や動物に触れて肉体労働している人は、そういうイデオロギーには騙されないで、自分の心に正直だと思ったのに」

　オリオンさんの理屈に耳を傾けているうちにわたしの頭は大学のゼミのモードに切り替わり、

「それは農業の美化でしょう。あの映画はフィクションです。だからオリンという女性が実際に存在したのかどうかではなく、オリンは息子がつくった母親の理想像だったと思ってはどうでしょう。自分の母親はこんな風に誇り高く、共同体のために死んでいった。恐がってもいなかったし、悲しがってもいなかった。そう思えば母を捨てた自分の罪の意識がやわらぐでしょう」

　穿《うが》ったことを口にしてしまったが、オリオンさんは面倒くさそうな顔もしないで熱心に耳を傾けていた。

　着替え終わったアリョーナが期待に満ちた目でこちらを見ていたが、わたしは飲みに行こうと誘われないように、目を合わせずに速歩《はやあし》で外に出た。ふりかえると事務室の窓に灯《あか》りがついていて中からチェン先生がこちらをじっと見ていた。手を振ると向こうも笑って手を振った。その顔が少しも笑っていないように見え、ひやっとした。

家に入る前にちらっと隣家に目をやるとMさんの家の灯りは全部消えていて、クリーム色のカーテンがそっけなく外部を遮断していた。

Mさんはこのまま戻って来ないかもしれないと思うと胸の中が寒々とした。わたしの目の前に突然現れ、わたしを太極拳の世界に引き入れ、東プロイセンの歴史という大きな宿題を出して、そのまま姿を消してしまったMさん。隣の家に住んでいるという気安さからメールアドレスも携帯電話の番号も交換していなかったので連絡がとれない。名前さえ、おそらく名字がMで始まるだろうということしか分からないのだ。

ジャージをまるめて洗濯機に押し込みながら、それにしてもチェン先生はどうして帰宅しようとするわたしを窓から観察していたのだろうと思った。彼女が中国のどこからいつ頃ドイツに移住してきたのかを訊く機会はまだなかった。向こうもわたしにどこから来たのかとは訊かないが、チェン先生の夫と思われる男が「日本の映画に出たことがある」と話しながら、ちらっとわたしの顔を見たので、二人はわたしの噂をしたことがあるのではないかと思う。もしそうだとしたら、わたしのことを一体どんな風に話していたのかが少し気になる。

わたしは炊飯器のスイッチを入れ、ご飯が炊けるまでインターネットで太極拳二十四式の第二のフォームの名称を検索してみた。「野馬分鬃」という漢字が出てきた。日本語のサイトだったので中国語の発音が「イエ・マー・フェン・ゾン」とカタカナで記されていた。

「鬃」という字はあまり見たことがないが、たてがみの手触りまで伝わってくるゴワゴワした字面だ。それをやさしくかき分けるようにするのが分鬃ということなのだろうか。アルファベットの文字はたとえ手で触ることができたとしても、どの字も同じ堅さと冷たさを持っているように思う。ひらがなも又そうである。漢字だけがそれぞれ、もさもさしていたり、つるつるしていたりする。温度も違う。色があらわれる字さえある。

野生の馬のたてがみを分けるという非現実的な行為は、もしかしたら何かの譬《たと》えなのかもしれない。

中国の古典は非常に凝った譬えに満ちている。「瓜畑で靴を履き直したりしていたら瓜を盗んでいるように見えるよ。だから靴紐は別の場所で結ぼう」。簡単に言えば、「人に疑われるような行為は避けよう！」という教訓だが、そのように抽象的に表現したのでは面白くも何ともない。教訓を鮮やかなイメージに包んで表現するあの秘技は今でこそ面白いと思うが、大学受験のために受験勉強をしていた頃はさんざん悩まされた。

瓜畑で靴の紐を結んでいたために逮捕され、つらい牢獄生活を送った人の涙がこの教訓になって世に残ったのだろうか。もしそうだとしたら、「野馬分鬃」にも誰かの苦労話が凝縮されているのかもしれない。わたしは「野馬分鬃」という物語を頭に想い描いてみた。

「昔あるところにワイルド・ビューティーと呼ばれる美しい野生の馬がいました。その馬を捕らえた者には巨額の賞金を出すと大金持ちの男が言い出したので、貧しい村の人たちはみんな馬を捕まえようと必死で追いまわしたのですが、なにしろ野生の馬なので簡単には捕まりませんでした。ところが村に一人、その馬を心から愛する娘が住んでいて、この娘が近づいた時だけは野生の馬もおとなしく立ち止まって、たてがみを撫でさせるのでした。大金持ちは、もしも馬を捕まえて渡せば大金をやると言って娘を買収しようとしましたが、娘は首を横にふるばかりでした」

ここまで話の筋を考えたところで電話が鳴った。スージーだった。

「今、何してるの?」

「ネットで調べものをしていた。太極拳で習った野生の馬のたてがみを分けるというフォームについて考えていたら、メルヘンを一つ思いついた」

「グリム兄弟みたいね」

「グリム兄弟は自分でお話を考え出したんじゃなくて、村をまわって言い伝えを集めたんでしょう?」

「さあね。それが怪しいらしい」

「本当は自分で考え出したのに、村をまわって収録したと嘘をついたの?」

「そこまでひどくはないけれど。たとえば長靴を履いた猫の話、知っているでしょう? グリム兄弟はその頃、フランスから逃げてきたユグノー派の家系のお嬢さんたちと交際があったらしい。

彼女らの家に入り浸って、ある時お嬢さんの一人ジャネットが話してくれたメルヘンをメモしておいたところ、ペローの『長靴をはいた猫』とあまりにそっくりだと分かって、あとでペロー色を洗い落とすのに大変苦労したみたい」

「ずるい！　それを盗んだの？」

「盗んだとは言えないでしょう。ただ、似た話がヨーロッパ各地に広がっていて、フランスではすでに本になっていた話もあったってことでしょう。それがドイツ語でも文字化された。もちろん自分の足で村を訪れて昔話の採録をしたこともあった。でも寒い中、泥んこ道を遠い村まで歩いて行って老人たちの話を我慢強く聞くよりも、暖かい居間でフランスの香水の香りに酔ってマドレーヌでも食べながらメルヘンの本を朗読しあった方が快いと思わない？」

「それは、がっかり。グリム兄弟は猫だと信じていたのに」

「どうして猫なの？」

「長靴を履いた猫。長靴を履いてリュックサックをしょって、自分の足で長い道のりを歩いて、村から村へと村人の語る民話を集めて歩いたと信じていたのに。それがロマンチストというものでしょう」

「客間に入り浸って女性と言葉で戯れるのもロマンチストでしょう。マドレーヌを食べながら」

「どうしてマドレーヌなの？　甘い物食べすぎると虫歯になるでしょう。そう言えばこの間、歯のことを話していたでしょう？　オリオンという歯医者さんが太極拳に来ていてね、あなたのことを話したら快く治療を引き受けてくれた。これから電話番号を言うからメモして。明日そこに電話して、太極拳に来ているミサという人に紹介されたと言えばすぐに診てもらえるって」

「ありがとう。お礼というわけじゃないけれどね、あなたにプレゼントしたい本があるの。この間、本屋で偶然見つけた本なのだけれど、郵便で送るから」

「何の本？　太極拳の本？」

「ちがう」

「『楢山節考』？」

「何それ？」

わたしはパウラとロベルトと映画を観に行った話を簡単にした。

「面白そう。わたしも観たいけれど恐い気もする。働けない者は山に捨てる、という法ができたらわたしも捨てられてしまう可能性があるから」

「あなたはすごく社会の役にたっているでしょう」

「たってない」

「仕事もあるし、それ以外にもボランティア活動をしているじゃない。オンライン講座で移民の子供たちにドイツ語を教えたり」

「でも車椅子に乗っているだけで、国の予算を食いつぶして怠惰な生活を送っていると決めつける人もいるから」

「今の時代、一日中椅子にすわって仕事していて、歩く機能はほとんど使ってない人も多いのにね。あなたはどこへでも出掛けていくし、活動的だからいい」

「でも映画館へ行くのは意外に難しい。そのまま車椅子にすわっていればいいと思うでしょう。でも通路にいると消防法違反になるからだめなの。一人で車椅子から座席に移れないし」

「それなら、いっしょに行こうか？」

「そのうちね。歯医者さんのこと、本当にありがとう。移民が増えたのにお医者さんの数は増えていないから、アポとれなくて」

「移民？」

「移民には生まれ育った生活環境が悪かったり、戦火をくぐり抜けてきたりで病人が多いのよ。だから医者の数を増やすべきなのに、政府は何もしていない。せっかくイランからお医者さんが移民として来ても、外国の医師国家試験の免許をドイツが認めないから営業できないとか。そんなこと言っている場合じゃないのにね。眼科も内科も精神科も何ケ月も待たされる。この間も内科に電話して喧嘩になりそうだった」

「どこか悪いの？」

「胃が痛かったから電話したの」

「それで？」

「四週間後なら診察できるって言われて、腹を立てて口論になって、電話を切ったの。怒りで沸騰するとはこのことね。おかげで胃痛は消えたけれど」

「腹を立てたから治ったの？」

「そうかもしれない。もやもやとした不満があると胃が痛くなるの。でも理由がはっきりして怒鳴ると胃の方は落ち着く」

胃という言葉を聞いた途端、わたしの胃がぐうぐうと音をたてた。台所では古い炊飯器がさっきから、炊けた、炊けた、と叫んでいる。

「それじゃあ送ってくれる本、楽しみにしている。炊飯器が炊けた、炊けたってうるさいから電話は切る」

「あなたの炊飯器、言葉をしゃべるの？」

「そう。炊飯器だけじゃなくてね、うちにある古い機械はみんな言語を習得しているの」

「それはうるさくて大変ね。それじゃあ、また」

電話を切った瞬間、それまで話していた元気な相手が今日のうちに死んでしまうかもしれない、とふと思うのはなぜだろう。電話の向こうに広がっていた空間が急に閉じてしまうあの寂しさが苦手だ。

わたしの炊飯器は最近歳を取ったせいか気が短くなっていて、炊けてすぐ「蒸らすモード」に変えないとうるさく騒ぎ立てる。

「さっきから炊けたと言うとるのに、長電話とはなんや。失礼やないか」

「友情は大切やろ」

「ご飯の方が友情よりも大切や」

「ご飯があっても、友達いなかったら空腹人生やで」

この炊飯器もCDプレイヤーと同じで、ドイツでの勤務を終えて大阪に帰るメーカー社員の家族にもらった。わたしもそれにつられて自分なりに話しやすい語尾を探りながら答える。最初は大阪の言葉にもっと近かったのかもしれないが月日がたつにつれてどんどん怪しくなり、すでに出所不明のエセ方言になっている。しかしわたしは家電と話す以外には日本語を全く話す機会がないので、このニセの関西言葉がわたしの唯一の日本語になっている。


数日後に郵便受けをのぞくと小包が入っていた。差し出し人はスージー。自分で不器用に包んだと思われる包装を破いて開けてみると、『故郷を追われたドイツ人たち』という本が入っていた。ぺらぺらとめくってみると、第二次世界大戦が終わって、ポーランド領となった東プロイセンに住み続けることができずにドイツに移住してきた人たちのことを書いた本だった。そういう経験を子供の頃にした隣人Mさんのことをスージーに電話で話した覚えはあった。

『故郷を追われたドイツ人たち』という題名はなんとなく嫌な臭いがした。「故郷を追われた」という表現に最もふさわしいのはユダヤ人だろう。ところがこの本のタイトルでは、ユダヤ人と書いてあるはずの場所にドイツ人と書いてある。Mさんは東プロイセンから移り住んだことを単に「引っ越し」とか「移動」と言っていた。自分は誰かに追い払われて故郷を失ったというニュアンスはなかった。

本の装丁も好きになれなかった。表紙を覆うべったりした黒と赤が「民族」という言葉を想起させ、火薬のきな臭さがにおってくる。タイトルの活字はナチスの好んで使ったタンネンベルクと呼ばれる書体を使っている。ぺらぺらめくって拾い読みしてみる。前書きに早速、「東欧に住んでいたドイツ人たちはドイツ人だからというだけの理由でナチスと同じく加害者だと考える人が多いが実際は被害者だった」というようなことが書いてある。わたしの中でアラームが鳴った。ドイツ人も犠牲者だ、と主張する人には、ナチスの犯した罪を相対化して軽いものと見なそうとする人も少なくない。おそらくスージーは東プロイセンについての本だというだけで衝動買いして送ってきたのだろう。

その本に対する嫌悪感は少しずつ高まっていくのに読まずにいられなかった。まず歴史的背景の説明がある。ドイツ人が今のポーランド、ハンガリー、チェコ、ロシアなどに移住し始めたのはかなり前のことで、日本で言えば平安時代に当たる。しかもそのまたもっと昔、三世紀以前にもエルベ川の東にはゲルマン系の民族が住んでいたのをスラブ系の民族が徐々に押し寄せてきて、十二世紀以降またゲルマン系の民族が盛り返してきたのだと書いてある。

多様な民族が入れ替わり立ち替わり住んでいたヨーロッパの人たちは「大きな引っ越し」には慣れているということだろう。だとすれば故郷は一つではなく、追われる側の祖先も過去には先住民を追い払った側だったということにならないか。

わたしは偶然開けたページを読み、また閉じるということを繰り返していた。読みたくないのに読まずにはいられない本はこういう読み方になってしまう。

リルケの顔を写した白黒写真が目に入った。このドイツを代表する詩人がプラハで生まれ幼少期を過ごしたことが書かれているので面白いなと思って読んでいくと、どうやらわたしの期待していたのとは違うところに着地した。

わたしが期待していたのは、だからドイツ文化と非ドイツ文化の間に境界線を引いても意味がない、ドイツ文化はドイツには属さないいろいろな町でも生まれたのだ、という結論だった。ところがこの本は、「プラハはドイツである、なぜならドイツの有名な詩人が生まれた町だから」という方向に無理に理屈を持って行こうとしている。そんな理屈がまかりとおるならば、安部公房の育った町も、後藤明生の生まれた町もみんな日本だということになってしまう。そんなおかしな理論は聞いたことがなかった。

歴史的背景を解説した部分はこの本の前書きのようなもので、その後にすぐ個人の証言が続いた。たとえばこんな具合である。今はポーランド領であるビドゴシュチに住んでいたドイツ人の女性の証言によると、一九三九年秋、自宅に兵隊たちがやって来て、息子に中庭に出ろと命じた。カーテンの陰から見ていると、兵隊たちは息子の胃を銃の柄で突き、息子がよろめくと肩を銃の柄で突き、息子は地面に倒れた。よく見ると全員が兵隊ではなく、中には不良少年たちも交じっていた。彼らは息子を無理に立たせるとそのまま連れ去ってしまった。それっきり息子には会っていない。どこかで殺害されたのだろう。

またこれも今はポーランド領になっているスバジェンツに住んでいた別のドイツ人女性は同年秋、息子と夫がポーランド人に銃殺されたことを隣人から聞いたが初めは信じられなかった。そのうち死体が戻ってきたので殺されたというのが事実だと分かった。夫も息子も顔の骨が打ち砕かれ、目はくりぬかれ、身体に銃弾のあとがあった。息子の腹は刃物で切り開かれ、内臓がはみ出していた。ドイツ兵に家族を殺された人は、つかまえたドイツ人にどんな暴力を加えてもいい、という暗黙の約束がポーランドの一部に広がっているので、こういう死体は多い、という話を近所の人から聞いた。もちろんそれは「噂」だが、この本には証言として挙げられていた。

わたしは息苦しくなって本をばたんと閉じ、家の外に飛び出した。そして誰もいないと分かっていながらMさんの家の戸に駆け寄って激しく呼び鈴を鳴らした。間をあけて三度鳴らした。奇跡を待っていたのかもしれない。あきらめて帰ろうとすると背後から声をかけられた。

「もしもし、あの、ミーネンフィンダーさんなら、しばらく留守にするそうですよ」

灰色のセーターに薄いブルゾンをはおった六十代半ばと思われる男性だった。顔を見るのは初めてだが、サンダルをはいて小さなシャベルを片手に持っているので近所に住んでいる人だろう。

「そうですか。旅に出るとは聞いていましたがもう帰っているかと思って」

「ミヒャエルはまだ当分は帰らないのではないですかね。ちなみにわたしはミュラーと言います。

この先に住んでいますがミヒャエルとは薔薇の栽培についてあれこれ話しているうちに親しくなりました」

わたしはなんだか拍子抜けしてしまった。長いこと知りたかったMさんの名字と名前があっさり分かってしまった。ミヒャエル・ミーネンフィンダー。名字の方はいつか話してくれたお姉さんの名字と同じだ。名前のミヒャエルはあまりにもよくある名前だった。よくある名前だというだけでなく、ミヒャエルという名前にはどこかミルクを思わせる肌をした女性的なのに筋肉質の天使ミカエルのイメージが張りついているので、Mさんには似合わないとも感じた。

「あなたは新しく引っ越してきた方ですね」

とミュラーさんは興味深そうに目を細めて言った。

「そうなんです。だから植物はまだ何も植えていません」

「もし薔薇のことで知りたいことがあったら、わたしの家はこの先ですからどうぞ訊きに来てくださ い。この先の角を左に曲がって二軒目の、冬でも入り口の左右に赤い薔薇の咲いている家です」

わたしは礼を言って一度家の中に入り、コートを着てすぐ外に出た。行くところはなかったが、歩きながら考えてみたかった。

「ミヒャエル・ミーネンフィンダー」という名前を舌の上で吟味してみた。ミーネンは鉱脈、ファインダーは見つける人、という意味だ。なんだか「夢を掘り当てた人」みたいな名前だなと思うとおかしくなった。心の中ではこれからもMさんのことをMさんと呼び続けるだろうという気がしてきた。

家に帰って『故郷を追われたドイツ人たち』の続きを読んだ。まだまだ恐ろしい証言が続く。これまでナチスの行なった殺人行為については何度も読んだことがあるが、ナチスに加担していなかったドイツの民間人が東欧でどのような暴力を受けたかについて読むのは初めてだった。かつてのわたしならば、ある集団が別の集団への恨みを記録した本は読まなかっただろう。今この本を読むのをやめられないのは、ここに書かれているのはMさんが子供の頃に目にしたかもしれない光景、ひょっとしたら受けたかもしれない暴力だと思うからだった。

息子を殺された母親の証言が多かったが、殺されそうになって間一髪というところで命だけは助かった男性の証言もあった。ドイツ空軍に明滅信号を送った疑いで逮捕され、収容所への長くてつらい行進を強いられた体験をくわしく書いている。食べ物も飲物も与えられぬままにおよそ三百五十キロ歩かされ、途中殴りに来る住民がいても、つきそいの兵隊はとめるどころか笑って見ていた。意識朦朧となったまま用を足そうとして列を離れた男が逃げようとしていると誤解されてその場で銃殺され、それを見て憤慨して騒ぎ始めた人たちも次々銃殺されたと書いてある。

わたしは先を読み続けることができなくなって本をばたんと音をたてて閉じた。Mさんと話がしたかったが電話番号は知らない。今頃どこを旅しているのだろう。メールを書くだけでもいい。でもメールアドレスさえ持っていなかった。わたしはあることに気がついた。Mさんが家を留守にしているのに郵便受けに郵便物があふれているということはない。Mさんは郵便局の転送サービスを使っているのではないか。休暇で何週間か別の土地で過ごす時、届いた郵便をすべてそちらの住所に転送してくれる郵便局のサービスだ。このサービスは外国に滞在する場合でも使える。ということはMさんの住所に普通に手紙を出せば、その手紙は転送サービスによって旅先の住所に届けられるのではないか。

手紙の下書きを書こうと鉛筆を握り、2Bの鉛筆の芯が黒くやわらかく紙に触れた。高校生の頃、それほど親しくないのに交換日記をしていた村田海子というクラスメートがいた。この人は祖父母がシャンハイから引き揚げてきたので「上海」に因《ちな》んで海子という名前にしたのだと言っていたがそんなことを急に思い出した。毎日クラスで顔を合わせるのに話はあまりしないで、交換日記だけは毎回かなり長く書き綴った。高校生らしく、「虚無感」とか「自意識」という言葉に熱く反応し、議論を交わした余熱が記憶にまだかすかに残っている。一度か二度、村田海子が「引き揚げ」という言葉を使って祖父母のことをくわしく書いてきたことがあった。わたしにとっては馴染《なじ》みのない話なのに、「引き揚げ」という言葉には多くの人々の手垢《てあか》がついているのが感じられたから不思議だ。

村田海子は一度祖母に引き揚げてきた人たちがどんな気持ちだったのかを尋ねたことがあったそうだ。昨日まで協力し合って仕事していた地元の人たちに急に敵視されて悲しかったと祖母が言うと、そこに居合わせた新聞記者をしている父親が、でもあなたたちが他所《よそ》の国に押しかけていって威張っていたのだからそれは仕方無いでしょう、と言った。そこから親子喧嘩になって、村田海子は質問したことを後悔した、と書いていた。他のことはよく覚えていないのにその部分だけははっきり覚えている。

Mさんへの手紙を鉛筆で紙に書いたのは、パソコンで書いてプリントしたのでは失礼だという気がしたからだった。ところが最近、鉛筆で人に見せる文章を書くことがないので、自分の書いた字が黒く踊る釘のように見えた。本当は活字体のまんまるい字を書きたいのに子供っぽいと思われたくないために無理して筆記体を書いているのがいけないのかもしれない。

世代も上で教養もあるMさんに活字体の手紙を送るのには勇気がいる。活字体を書いたのでは携帯をいじることしか知らない若者と思われてしまうかもしれない。いっそのこと、グラフィック・ノベルの吹き出しの中に書かれたセリフみたいにすべて大文字というのはどうだろうとも思ったが、そんなことをしたら、わたしはMさんにとって別世界の住人になってしまうだろう。とりあえず活字体で下書きをつくってみた。

「急にお手紙を書くことをお許しください。ミサです。太極拳を始めるきっかけを与えてくださったことにとても感謝しています。チェン先生はすばらしい先生で、稽古は毎週ますます面白くなります。でもあなたに手紙を書くのは感謝の気持ちを伝えるためだけではありません。あなたと話をしてから東プロイセンが頭から出ていきません。先日友達が東プロイセンの歴史を書いた本を送ってきて、その本がいい本だとは思えないのですが、読まずにいられず読んでいます。それについて誰かと話がしたいのですがまわりには話をできる人がいません。だからあなたに手紙を書くことにしました。書き終わったら大通りにある郵便ポストに入れるつもりです。もしもあなたが転送サービスを使われているなら、この手紙は今滞在されている場所に届くでしょう」

前置きを書き終えるとすでに鉛筆が当たる中指の側面が痛み、見ると赤くなっていた。

「東プロイセンで暴力を受けたドイツ人たちの証言を読んで衝撃を受けています。ただしこの本はいろいろな意味で信用できません。それで信用できる本を探すつもりなのですが、見つけられるかどうか分かりません。あなたも東プロイセン地方で子供時代を送り、終戦前にドイツに移住してきたのでしたね。ご自分で暴力を目にしましたか。自分の民族だけひいきしないで（『民族』という言葉は意味がはっきりしないのでよくないですね。『所属集団』とでも書きましょうか）個人的な偏見や、個人的な人生への不満や怒りなどを混ぜずに、偏りなく静かな心で、歴史的証言をすることは可能だと思いますか」

手書きだと字の下手さのせいで内容までがひどく子供っぽく見える。それでも自分の額のあたりでもやもやしていたものの輪郭が手紙を書くことで少しはっきりしてきたような気がした。時計を見るともう夜中の二時半を過ぎていた。手紙を書いているうちに夜が更けてしまうのは交換日記を書いていた高校時代以来のことだと思って苦笑した。

翌朝目が醒めるとテーブルの上に置きっぱなしになっていたガラスのコップが朝の光を受けてきらめいていた。薄いのに眩しい光が降り注ぐ秋晴れの日が訪れようとしていた。

顔を洗ってタオルで拭きながら鏡をのぞくと夜更かししたのに五年は若返って見える。コーヒーをすりながら昨日つくった手紙の下書きをやはりまた手書きで清書した。

早瀬と結婚したばかりの頃には朝まず彼の顔を見て、「あおざめている」とか「土色の顔をしている」とか感想をもらしたものだ。朝まず見るのが鏡の中の自分の顔ではなく早瀬の顔だった。正直なわたしの採点に早瀬は苦笑して、「最近は研究が忙しいから」とか「昨夜《ゆうべ》は寝付きが悪くて」など言い訳がましい答えを返した。早瀬は幸いわたしの寝起き顔に関して、朝の感想をもらすことはなかった。

ドイツへ来たばかりの頃、フライブルクの住居のバスルームで鏡に映るわたしの顔は、定義を失った専門用語のようで、輪郭も輝きもなかった。それが自主映画に出演し始めると、目のまわりに力が出てきて、ときめきが唇の両端を上に持ち上げ、顎と頬の線が気のせいかはっきりしてきた。今はもうレンズに写されることもなく、自分がどんな顔をしているのか考えることさえないまま新居にこもっているわたしは、もしかしたら手紙という古風なトンネルをあらたに掘って他人とつながろうとしているのかもしれなかった。

わたしは封筒に入れた手紙を持って郵便局に向かった。郵便ポストに入れようと思ったが、手書きで字が大きいので枚数が増えてしまい、いくらの切手を貼ればいいのか見当がつかなかったのだ。

手紙を出し終えて郵便局から帰ると脳味噌が、餡《あん》を抜かれた饅頭《まんじゅう》の皮のようになっていた。頭の中にたまっていたことが手紙に包まれて遠くへ郵送されてしまったので、あとに残されたわたしにはもう何も言うことがない。

助けを求めるようにクライストの本を開いた。翻訳作業のいいところは、自分の頭の中ががらっぽに感じられる日でも、自分の好きな作者の書いた文章はそこにあり、それを消化して、たとえ消化しきれなくても、とりあえず自分の文章にして書くことができることかもしれない。書くというのは文字を生み出すことで、これほど心を満たしてくれる行為はなかった。

前回は、自分の城に幽霊が出ないことを確かめるために待機していた侯爵が幽霊がたてる物音を聞いてしまったところまで訳した。その続きはこんな風に展開していく。

「夫が翌朝階下に降りてきたので、調べた結果はどうだったかと侯爵夫人が尋ねると、夫は自信をなくして怯えるようなまなざしであたりを見回し、戸に鍵をかけ、亡霊が出るというのは本当だったと断言し、夫人はこれまでの人生で経験したことがなかったほど強い驚愕《きょうがく》に襲われ、事を公表する前にもう一度、使用人に付き合ってもらって自分にも事実を徹底的に調べさせてほしいと夫に頼んだ」

クライストという作家はピリオドが嫌いだったのか、文章を切らない。コロンやセミコロンのような記号によって、切れたような切れないような中途半端な状態がどこまでも続き、もういいかげん息継ぎをしたいのだけれど、まだだめなのかと我慢しているうちに息苦しくなってくる。読み手の呼吸を苦しくさせるのもまた、表現方法の一つなのかもしれない。

そう言えば、家でゆっくりと息を吐く練習をするといいとチェン先生が教えてくれた。まず十数えながら継続的に息をゆっくり吐き出す。全部吐き出してしまえば、意識しなくても身体は息を吸い込む。だから吸う方は自然にまかせて操作せず、吐く方だけを意識的にやる。ゆっくりと十まで数える間、ずっと均一に空気を吐き続けることができるようになったら、今度は十を十二にしてみる。それができたら、十四、十六と少しずつ長くしていく。わたしは十二まではどうにかできたが、それ以上は苦しくてまだできない。息の長い文章を書いたクライスト自身の呼吸は長かったのだろうか。文章は長くても、三十四歳で自らピリオドを打ってしまったクライストの人生は短かった。

「侯爵夫妻と一人の忠実な使用人は次の夜、理解を超えた幽霊音を聞くことになり、夫人はどれだけ損が出てもいいからできるだけ早く城から逃げ出したいと願うばかりだったが、使用人たちの前では驚愕を隠し、これは何かとるに足らない偶然が原因だろう、と言いくるめた」

「理解を超えた幽霊音」という日本語はどう考えてもおかしいが、他にどう訳していいのか名案が浮かばないので、そのままにしておいた。

侯爵と侯爵夫人は幽霊が出ることを外部には漏らしたくないようだ。城を買いたいという外部からの訪問者に知られたくないのはもちろんのこと、使用人にさえ知られたくないのはなぜだろう。

亡霊が出ることを認めれば、どうしてその亡霊が出るのかについて考え始めなければならない。

自分が罪を犯したのではないか、と自問し始めるまではまだまだ距離があるが、一度亡霊の存在を認めてしまえばもう、一人の人間の死を記憶から抹消することはできない。

侯爵が法律的に裁かれることはないだろう。もしも良心の呵責《かしやく》に悩まされることがあれば、侯爵はそれに対して必死で抗議するだろう。自分の城に入り込んで部屋の隅にいた他人が邪魔だから場所を変えさせただけだ、当然の権利だろう、ここは俺の城なのだから、不法侵入者を追い出して、どこが悪い、あの女が死んだのは自分の責任ではないし、そもそも社会の重荷になることはあっても役には立たない女だ。しかし侯爵がそんなことを考えたとは書かれていないし、亡霊の無念な気持ちが内側から描かれているわけでもない。亡霊は姿さえ見えない。物音をたてるだけだ。

クライストは、なぜホームレスの年老いた女性に注目したのだろう。わたしはクライストの伝記を読んでみたくなった。

太極拳学校のすぐ側《そば》に市民図書館がある。この日は太極拳に行くのに一時間早く家を出て、その図書館に寄ってみた。利用者カードをつくるには移住証明書が必要だと言われたが、引っ越して来てからまだ住民登録をしていない。家に本を持ち帰るのではなく館内で読むのならば利用者カードがなくても大丈夫だと言われ、館内を見まわすと、外の芝生が見えるガラスの壁に沿って読書用の椅子と机が並んでいた。

すりきれた毛のジャケットを着て無精髭を生やした男が一人すわって本を読んでいた。そこへひどく痩せ細った女性が千ページほどありそうな大型の本を抱えて現れ、どんと音をたてて落とすように机に置いた。その本を読むつもりなのか、それとも何か別のことでも始めるつもりなのか気になって横目で追いながら、わたしはアルファベットのKの棚を探した。

小説ではなく伝記の棚を探すと、一冊だけ見つかったクライストの伝記は写真が多い本だった。大学図書館ならばおそらく何種類もの伝記が並んでいるだろう。気軽に捨ててきた大学という場所が懐かしくなり、一瞬とりかえしのつかないことをしてしまったような後悔の痛みが胸の奥を刺した。

わたしはクライストが一人の女性といっしょに自ら命を絶ったという話をどこかで聞きかじっていて、そのせいかクライストは太宰治のような男だったのではないかと勝手に思い込んでいた。しかしクライストの場合は心中ではなかった。一人で自殺するのが嫌なのでいっしょに死んでくれる人をインターネットで探す心境に近かった、と伝記の作者は書いている。

インターネットができたせいで人間がおかしくなったと主張する人がいるが、実はそれは逆で、人間の文明には最初から故障した部分があり、インターネットはそれを映す鏡に過ぎない、などとクライストというテーマからはずれてそんなことまで書いているこの本の作者はまだテレビもなかった時代に生まれ、現代の若者に腹を立てているのだろうと思って作者の経歴を見ると、なんとまだ三十歳である。インターネットに対して批判的な距離をおいているように見えて、文体がどこかブログ風である理由もそれで納得できた。

こんなことも書いてあった。クライストはマザコンではなく姉コン、つまり姉へのコンプレックスで、大人になっても姉のすることすべてが気になり、適当な距離がおけない。姉にあまりにもアドバイスを与え過ぎ、姉の方も威張っているわりに実は頼りない弟を心配して世話を焼き過ぎる。こうして二人は依存しあい、他人にはうるさがられたに違いない性格をお互いに受け入れあって生きていた。これが伝記作者の解釈だった。

時計を見てびっくりした。あわてて本を棚に戻し、そのまま太極拳学校に駆けつけた。チェン先生はすでにみんなの前に姿勢を正して立っている。わたしは普段着のまま、みんなの中に紛れ込み、乱れた呼吸を密《ひそ》かに整えた。

「アリョーナ・イワーノヴナ、始めますよ」

いつもはドイツ風にファーストネームを使うチェン先生がわざとそんな呼び方で窓の外をぼんやり見ているアリョーナに声をかけた。ロシア人は、あらたまって人の名を呼ぶときには名前と父称を呼び、親しい間柄では愛称で呼ぶのだと聞いたことがある。チェン先生はドイツでは使う必要のないアリョーナの父称までちゃんと覚えているのだな、と驚いた。

チェン先生にアリョーナ・イワーノヴナと呼ばれると、アリョーナははっとして窓の外を見るのをやめて姿勢を正した。

その日は二十四式の第三式を習った。チェン先生のドイツ語訳では、「鶴が羽を広げる」である。右手を斜めに上げると同時に、左手では地面を押さえつける。この動きをすると目の前にあおい湖が広がる。

「アリョーナ・イワーノヴナ、ロシアのバレエは確かに素晴らしいと思いますが、太極拳はチャイコフスキーの白鳥の湖ではありません。翼を優雅に広げればいいというものではないのです。右腕をすっと簡単に上げてしまうのではなくて、お腹から力を汲《く》んで、ぐっと肩から背中にのしかかってくる相手をはね返すように持ち上げてください。左手も同じです。身体の前面を敵の攻撃から守り、相手を下に押さえ込んでください」

わたしは先生の言うことを意識しながら身体を動かした途端、左手と右肩に、実際には存在しない敵の抵抗する力を感じてはっとした。

稽古が終わってからも、わたしの頭の中では中国の白い鶴とロシアの白鳥が交互に翼を広げては閉じるということを繰り返していた。鶴は優雅に身体を伸ばしているだけのように見えても、実は襲いかかってくる者から身を守っている。だから鶴は千年も生きることができるのだ。しかしヨーロッパのバレエだって起源をたどれば、自然の中で生き延びようとする狩人の動きを再現しているかもしれないではないか。

そんなことをあれこれ考えながら休んでいるとアリョーナがひどく不機嫌そうな顔をしているので理由を訊くと、

「ロージャがわたしを傷つけること言ったの」

と押し殺したような声で訴えた。

そう言えば今日のアリョーナは稽古中もいつもと違って注意散漫だったなと思い、恐る恐る訊いてみた。

「彼はあなたからお金を借りて事業を始めたんでしょう。感謝するかわりに罵倒でもしたの？」

「新しい融資を断ったらね、わたしみたいな老婆の懐でお金が腐っていく一方で、自分のように有望な青年が、資金が足りないというだけの理由で人生を台無しにするのは理不尽だ、と言ったの」

「老婆？」

「老婆とは言わなかったけれど、もう若くはない女、と言ったの。あまり腹が立ったから手に持っていたスプーンを投げつけて、わたしを殺してお金を奪ったらどうなのって怒鳴ってやった。ところがそのスプーンが運悪くロージャの目に当たってね、彼、瞼を切ってしまったの」

その時、会話は中断された。ベッカーさんが近づいてきて甘い香りのする紙の袋をあけて差し出し、

「いかがですか、一つ」

と勧めてきた。ドイツ語のベッカーはパン屋という意味なので、かなりふさわしい名字だと言える。ベッカーはバッケン、つまりパンやケーキを焼くという意味の動詞から来た単語なので、「焼く人」という意味ではお菓子屋さんもベッカーである。そう考えると、ふさわし過ぎて、か

えって不自然かもしれない。甘いにおいがする袋の中をのぞくとビスケットがぎっしり入っていた。

「太極拳ビスケットということで、馬と鶴の形に焼いてみたんですよ」

今週、鶴の型を練習することをちゃんと考慮して、前回の野馬と合わせて焼いてきたらしい。小さくても輪郭が曖昧ではないビスケットだった。表面は濃いきつね色に光っていて、口に入れるとさっくりし、甘さは遠慮がちだった。

紙袋に「ローズマリー・ベッカー」というロゴが印刷されていたので、

「自分のお店を持っているんですか」

と訊いてみると、はにかむような微笑《ほほえ》みを浮かべて頷《うなず》いた。オリオンさんが、

「すばらしいですね。お店はどこですか」

と情報の収集にかかったが、ベッカーさんは手で目の前の空気を払うような仕草《しぐさ》をして、

「森の中で、本当に不便なんですよ。ここからわざわざお菓子を買いに行くようなところじゃありません」

と答えた。

まるでお店に来てほしくないような言い方だった。そのくせ帰りがけにわたしを呼びとめて、これもいかがですか、と言って手渡してくれた小さな箱には「ローズマリー・ベッカー」というロゴだけでなく住所まで丁寧に印刷してあった。もっとも「グリムの森通り一番」という住所が

実際にあるのかどうかは疑わしかった。

家に帰る途中の道、歩行器を押しながらゆっくりと歩いて行く小柄な銀髪女性とすれ違った。足元がよちよちしているので、すれ違う時、

「何かお手伝いすることありますか」

と声をかけてみた。もしも道に迷っているのだとすれば、秋は宵の口に気温が急降下するので早く家に帰った方がいい。女性は足をとめて、

「これを見てくださいな。捨てられた月です」

と言って歩行器に付いた小物入れの中を顎で指した。顔くらいの大きさの鏡が入っていて、満月が映っている。夜空を見上げたが月は出ていない。もう一度鏡を見て確かめようとすると、歩行器の女性は急にさっさと歩き始め、後ろ姿はすぐに小さくなった。あんなに速歩《はやあし》で歩けるのなら、転んで怪我をする心配もないだろう。さっきはもっとよちよちと歩いているように見えたがわたしの目の錯覚だろう。

冬が近づくにつれて転んで入院する老人が増えていくのだという話をこの間ラジオで聞いた。美しい月を観賞したいと思ったら、忘れられた老女のいるところへ行くがいい、という内容の詩を読んだことがあったような気がする。わたしの記憶違いだろうか。

もう一度空を見上げるとやはり月はなく、うっすら残った雲が、空の漆黒をくすませているだけだった。

家に帰ると早速「白い鶴が羽を広げる」フォームを漢字でどう書くのか調べてみた。「白鶴亮翅」。四文字並んでいると豪華な邸宅のようだ。安定した「白」と「亮」の字は建築物のしっかりした骨組みを伝え、「鶴」と「翅」は建築物にきらびやかな装飾模様を加え、壁に生えた蔦《つた》の葉が風に揺れ、そこに集まる蝶の羽の動きや光の戯れまで伝わってきた。

日本語のサイトだったので、「白鶴亮翅」の後に続くマル括弧の中に「バイ・フー・リャン・チィ」とカタカナで読み方が書いてあった。カタカナがブリキのおもちゃのように見えた。それに加えて、ひらがなで「はっかくりょうし」と書いてある。音だけ聞いたら「八画漁師」という字が浮かんでしまうかもしれない。日本へ行って「はっかくりょうし」と言っても分かってくれる人はほとんどいないだろうし、ドイツはもちろんのこと、中国へ行って「はっかくりょうし」と発音しても、漢字を見せなければ意味は通じない。わたしは「はっかくりょうし」という不思議な響きに包まれ、一人取り残されたような孤独を感じた。

チェン先生はドイツ語ではただ「鶴」と言っただけで、「白い鶴」とは言わなかった。白い鶴しか見たことがないので、白いという形容が余計なものに感じられる。「蛇足」である。

あれは日本に住んでいた頃のこと、滑り止めとして受けたある私立大学の入試に、「蛇足」ではなく「矛盾」という故事成語の由来を説明させる問題が出た。わたしは答えを書き入れながら、なぜか「矛盾」ではなく、「蛇足」のことを考え始めていた。時間が余って退屈したからと言って余計な答えを書き足して試験に落ちるようなこともあるのだと思いつき、背筋がぞっとした。

すると足の生えた蛇が一匹試験場の床をちょろちょろっと走っていくのが見えた。あ、やっぱり存在するのだ、「蛇足」という動物が。言葉があるのにその言葉の指すものが存在しないはずはない。足のある蛇がわたしの靴に這い上がろうとしたので、わたしは反射的に膝を持ち上げ机に激しくぶつけてしまった。どうしましたか、と監視人に訊かれ、答えに困った。脂汗が額に滲み、心臓が早鐘を打っていた。滑り止めのつもりだったのに、その大学の入試にはなぜか落ちてしまった。

インターネットで更に白い鶴について何か面白い情報がないか調べていると、「赤い鶴」と名乗る人が書いているブログにぶつかった。この人は易経や漢方にくわしいようで、太極拳についても豆知識を公開している。赤い鶴さんの説明によると、わたしたちが今習っている二十四式太極拳は、実は毛沢東がつくらせた比較的新しいものらしい。

百式以上の伝統的な長いフォームは時間がかかり過ぎる。これを労働者が朝やっていたのでは仕事に遅れてしまう。そこで大切なポイントだけを合理的に集めて二十四のフォームを選び、六分足らずで身体中の重要なスイッチを入れてしまう現代向きダイジェスト、スーパー・スピード版太極拳が二十四式なのだそうだ。少なくとも、赤い鶴さんはブログにそう書いている。

Mさんからの返事は予想外に早く私の手許《てもと》に届いた。郵便局の手際がよかったのか、あるいはMさんの滞在地というのは、ここから遠くない町なのかもしれないが、いずれにしてもMさんがわたしからの手紙を読んですぐに返事を書いたことだけは確かだった。

「手書きでなくて申し訳ない。手が震えて上手《うま》く字が書けないのです。震えというほどひどくはないが字を書こうとするとやはり震えている。しかしパソコンを持ってきてないので、宿にあるのを使わせてもらっています。そしてそれよりもっと謝らなければいけないのは、くわしい説明もせずに旅に出たことです。隣人失格です。申し訳ない。わたしは今リトアニアにいます。これからラトビアに向からうらしい。旅程はすべてパートナーまかせです。彼は消滅したプルーセン人の亡霊に会うために旅しているようなもので、それはそれで理由があるのです。彼は戦後ポーランドでドイツ人として差別され、西ドイツに逃げてからはポーランド育ちなのでポーランド人として差別された。スラブ人もゲルマン人も嫌になって、自分はどちらでもないプルーセン人の子孫だと主張し始めた。プルーセン人は同化して消えた民族なので、その遺伝子が彼の中にあっても不思議はありません。ひょっとしたら、このわたしも又プルーセン人かもしれない」

電話が鳴ったが、わたしは無視して手紙の続きを読んだ。

「本題に入ります。失礼ですがあなたが偶然手にした東プロイセンについての本は信用できる種類の本だとは思えません。確かにわたしの親戚にもナチス政権に命がけで反対していたのに、戦後はドイツ人だというだけでナチス扱いされてポーランド人に殴られた人がいる。しかし歴史はもっと長い目でみなければいけません。自分がどこの国の人間かというようなことは忘れて、ちょうど空を飛ぶ一羽の鶴のように、人間界の愚かな争いを空から見て、どうしてあんなに愚かな戦いが起こりえるのか、と心底疑問に思わなければいけません。ベルリンに戻ったらわたしの持っている本をお貸しします。わたしはエンジニアですが若い頃から歴史の本を読むのが好きでした。前にお会いした時、建築家になった姉の話をしましたね。彼女は建築をとおして戦争の記憶にかたちを与えた。わたしにはそれができません。歴史をうまく語ることさえできません。ただできるだけたくさんのことを知りたいという気持ちだけは何歳になっても変わりません。だから本を読むのです。まだ書きたいことはありますが、とりあえず今回はここで終わりにします」

手紙は蠟燭《ろうそく》の火が風に吹き消されるようにあっけなく終わった。わたしは一人取り残されて、あたりをみまわすと、ソファーの隣に立ったランプの光の届く部分だけが繭のかたちに明るく、その外側は宇宙の暗さを抱いていた。

一度鳴りやんでいた電話がまた鳴り始めた。そう言えば手紙を読み始めた時にも鳴っていたのに無視したことを思い出した。出るとスージーだった。

「でかけていたの？」

「あ、うん、ちょっと」

「太極拳ね」

「いいえ、今日は違うけれど」

「じゃあ映画？」

「映画じゃなくて、庭で手紙を読んでいたから電話が聞こえなかったの、多分。ごめん」

それはちょっとした嘘だった。庭には確かにベンチがあるが、まだそこにすわったことはなかった。

「ラブレターでももらったの？」

「ありえないでしょう。ラブレターっていうジャンルはもう消滅したのだから」

「そうなの？　それならどんなジャンル？」

「東プロイセン出身の人が隣の家にいるっていう話をしたでしょう。その人、パートナーと急に旅行に出てしまって、いつ帰ってくるか分からないの。でもどうしてもすぐに訊いてみたいことがあったから手紙を書いたら返事がきた」

「どんな質問をしたの？」

「自分の民族だけひいきしないで、あらゆる民族を平等に見て歴史的な証言をすることができるかっていう質問なの」

「へえ。それで答えは？」

「鶴になればできるかもしれない」

スージーにはインターネットで鶴について調べた話もした。話はどこまでも脱線し、「鶴の一声」というのはどういう意味なのかを説明したり、「夜明けの晩に鶴と亀がすべった」という遊び歌を歌ってみせたりもした。

わたしは電話を切ると、立ち上がって太極拳で習った白鶴亮翅《はっかくりょうし》の型を鏡の前で何度かやってみた。胸の中の空間がぐっと広がるようで快かった。

この動きが気に入ったことを翌週チェン先生に話すと先生は苦笑して、この動きだけ取りだして練習しないで、第一式からやってください、と助言してくれた。この日わたしは太極拳学校に早く着いて、まだ他には人が来ていなかったので、チェン先生に出身地はどこなのか訊いてみた。先生は更衣室の隣でお茶を煎れる手を止めて、「チャンチュン」と答えた。少なくともわたしの耳にはそんな風に聞こえた。漢字でどう書くのか訊こうか迷っていると、先生はにっこり笑って、「あなたは以前、映画に出たことがあるんですってね」と突然別の話を始めた。

「エキストラみたいなものです」

「夫も何度か映画に出たことがあります。いい役をもらえたわけではありませんが。三十秒しか出ない役もありました。それに危ないアクションが多かったですね。わたしたちはもう二十代ではないし、骨折でもしたら生活に困るからやめるように言っているんです。でも夫は、たまになら出てもいいだろう、怪我しないように気をつけるから頼む、又出させてくれ、映画に出ないでいると鬱病になりそうだ、なんてしつこく頼んでくるんです。まるで中毒患者みたいです。あなたが映画に出演していたことがインターネットに出ていたそうです。ですから、もしコネがあるなら夫のことをお願いしたいんですが」

「コネは残念ながらありません。わたしはエキストラみたいなものだったし、自費製作映画みたいなもので、ギャラもそれで生活していけるような額ではありませんでした」

「夫もお金を儲《もう》けたいわけではないようです。映画に出て観客に見てもらいたい。それだけです。わたしには全く理解できません。でも夫はもう二度と映画には出られないと思うと、とても憂鬱な気持ちになるんですね。もし誰か映画関係者を知っているなら訊くだけでも訊いてみてもらえませんか。夫は東洋の武術ならかなりいろいろ勉強しています。習得していない武術でも形だけ真似することならできます」

わたしは予想もしていなかったことをチェン先生に頼まれたので、先生の出身地を漢字で書いてもらおうと思っていたことなどすっかり忘れてしまった。

その日は、白い鶴が羽を広げるところまで何度も復習し、第四式へは進まなかった。

なぜか機嫌がよさそうなアリョーナもわたしと同じで、白い鶴が羽を広げるフォームがひどく気に入ったようだった。アリョーナは普段、地面にしっかり立っているという印象を与えない。脚が長くてお尻が大きめでハイヒールをはいているので不安定に見える。チェン先生はこの日、そんなアリョーナの動きをしばらく観察してからこう言った。

「鶴が羽を広げるというと優雅に聞こえますが、元々太極拳は闘う技であることを忘れないでください。後ろから襲ってくる敵をはね返す動きで、最大限の力を出すためには腕だけの力に頼ってはだめです。お腹から力を誘導してください。お腹から力が伝わってくるのを感じるまでは腕を一ミリも動かしてはいけません」

稽古が終わると心が晴れ渡っていた。砂袋のように重たいいつもの自分を家に置き去りにして、鶴になって空を飛び回ってきたような気分だった。更衣室で着替えていると歯医者のオリオンさんが寄ってきて、わたしの友達のスージーが彼女の診療所で治療を始めたことを教えてくれた。

「うちの診療所は車椅子でも乗れる大きいエレベーターがあって、入り口にも閾《しきい》はないんですよ。トイレも車椅子用だし」

そんな風に自慢するオリオンさんを無視して、アリョーナはわたしの腕をつかんで引き寄せ、

「かわいいロージャのお馬鹿さんが金を貸せってうるさいの」

と訴えた。

オリオンさんが愛想笑いを浮かべて、

「お金を貸してほしいと言うのはあなたの息子さんですか」

と訊くとアリョーナはわるびれずに、

「子供はいません。年下の男の面倒をみてやっているんです」

と答えた。

「若い恋人、いいですね。日本語ではそういうのはヒバリっていうんですよね」

とクレアが無邪気に横からコメントを入れた。わたしはしばらくポカンとしていたが、はっと思い当たって、

「ヒバリではなく、ツバメです」

と訂正したが、人の間違えを直しただけでは後味が悪いのですぐにこう付け加えた。

「鳥を使った比喩は面白いですよね」

それを聞いてオリオンさんが、

「ドイツ語のカラスのお母さんという表現、知っていますか。子供を可愛がらない母親のことです」

「知っています」

「それじゃあ、カッコウの卵っていう言い方は知っていますか」

「知っています。でも、カッコウは他人の巣に自分の卵を入れて育てさせるって本当なのでしょうか。それともメルヘン？」

「さあ、どうだったかしら」

オリオンさんは真剣な顔で答えを考えている。クレアは遠い微笑みを浮かべながら、ふくれた自分のお腹を大事そうに撫でた。わたしは「カラスなぜ鳴くの」という童謡を思い出して言った。

「わたしの国では、カラスのお母さんは子供が可愛い、可愛いと鳴くんです。お母さんではなくてひょっとしたらお父さんかもしれませんが。だからやっぱり、カラスが子供を可愛がらないということはないと思うのですが」

アリョーナはまだロージャのことしか頭にないようで、

「ロージャは若い恋人なんかじゃありません。わたしがスタートアップの手伝いをしてあげているだけです」

とかなり遅れて抗議した。

「それは楽しみですね。若い人の応援をするのはいいことだと思います、でも、」

とそこまで言ってオリオンさんは一度言葉を切った。わたしは息をとめて続きを待った。

オリオンさんはこう続けた。

「若い人は、お金を出してくれる年上の人間を軽蔑している場合もあるんじゃないですか。それが実の親でも親戚でも他人でも同じことです。できればお金だけが空から降ってきてくれればありがたいのに、そうはいかない。本当なら感謝しなければならないのに、依存している自分の無力さへのいらだちから、憎しみが生まれることもあるんじゃないですか」

アリョーナはそんなことを言われて怒ってしまうのではないかとわたしは心配したが、予想は見事にはずれて、逆にオリオンさんに抱きつきそうな勢いで、

「そうなんです。ひどいんです。社会の役に立たない老女は早く遺書を書いて消えろ、と言ったことさえあるんです。本気で言ったのではないことは充分承知していますが」

と訴えた。

それを聞いてオリオンさんはこんな話をしてくれた。

「そう言えば、この間午前中にめずらしく家にいたら電話が鳴ったので出てみると、こちらは警察ですが今アカシア通りで二人組の強盗殺人犯が発砲したので外に出ないようにって言うんです。それから、わたしが一人暮らしなのかとか、家に現金を置いているか、などといろいろ質問する

んで、正直に、ええ息子が近くに住んでいますが一人暮らしです、貯金は銀行に預けているので家に現金はほとんどありません、と答えて電話を切ってから、なんだかおかしいと思って警察にこちらから電話してみたら、警察はそんな電話をかけることは絶対にないと言われました。それは最近流行の悪質な手口で、警察を名乗って電話をかけて、相手が女性の一人暮らしで現金を家に置いていることをつきとめてから強盗に入るんだそうです」

笑ってはいけないと思いながら、わたしも含めてまわりにいた人たちはどっと笑った。

家に帰ろうと建物の外に出てから振り返ると窓際に立ってチェン先生がじっとわたしの方を見ていた。わたしは建物の上に出た月を見るふりをして空を見上げてから、その場を去った。

絶滅したプルーセン人の痕跡を追うパートナーといっしょに旅をしているMさんに手紙の返事を書こうと思ったが、その前にプルーセン人と呼ばれる人たちのことを調べてみた。プルーセン人とプロイセン人が全く別の人たちであるだけでなく、性格も正反対だという話には混乱させられた。プルーセンはポーランドではプルーシーと呼ばれ、それはルーシ、つまりロシアの方向へ、という意味ではないかという説もあるようだ。

一度そのことを知ると急に「プロイセン」、あるいは英語風に発音した場合の「プロシャ」の響きが「プ・ロシャ」と二つに割れ、ロシャつまりロシアが目の前にゆっくり立ち上がる。しかし、「プルーセン」の元の意味は「ロシアの方向へ」だという説は残念ながら、ほとんどの学者によって否定されているとも書いてある。結局確実なのは、不明なことが多い、という事実だけだった。おそらく研究者というのは、そう簡単には解明できないということを気長に楽しめる人たちなのだろう。

インターネットというのは川幅の広い、流れの荒い濁流のようなもので、一寸法師のわたしはその水面をお椀《わん》の舟に乗ってどこまでも流されていくうちに、支流の支流のそのまた支流に入りこんで、そのうち自分が何を知りたかったのかなどすっかり忘れてしまうことも多い。

クリックするごとに惜しげなくディスプレイに溢れる情報に視線を走らせるのだが、いくら読んでも満足感がない。いくらポテトチップを食べてもお腹が一杯にならないのと似ている。そうだ、今度久しぶりに大きな本屋に行ってみよう。ここに引っ越して来てからまだ一度も本屋に行ってない。電車に乗ってわざわざ遠くの本屋にでかける心の余裕もなかった。D書店なら深夜までやっている。どういうわけか急に本屋という場所に行けば会ってみたい人たちと会えるような気がして、いても立ってもいられなくなった。今度、ではなくて今から本屋にでかけてみよう。

D書店はバーやブティックの並ぶ繁華街にある大型書店で、うちからは少し遠く、電車を乗り継いで行かなければならなかった。ドイツでは午後七時以降あいている本屋というのはめずらしい。

わたしには夜一人でふらっと気の向くままに出かける習慣はなかったが、そんな自分の生活習慣を破ってみたい気もした。夜一人で町に出て本屋を見て、バーに寄って一杯やってから家に帰るなんて、まるで映画の登場人物になったみたいでわくわくする。もし観光でこの町に来ているのなら夜に外出しただろうが、住んでいると仕事や雑用に追われて、歩いていける範囲内で生活するようになってしまう。大都会で暮らすのが好きだと言いながら、静かな村で暮らす敬虔な女性のように日が暮れたら外に出ず、自炊して本を読みながら寝るだけだ。

黒い帯のようなシュプレー川に町の灯りが斑《まだら》模様に反射しているのが駅のプラットホームから見えた。階段を下りていく人たちの背中を追いながらわたしはアコーデオンの奏でる物憂いメロディーの聞こえてくる方向へ向かった。

D書店は駅を出て大通りをそのまま進めばすぐ左手にある。店内に入ると一階左手には日記帳、筆記用具、カレンダーなどが並んでいる。正面には、すぐに読んでくれと言わんばかりに新刊の小説が山積みになっている。目立たない隅に十九世紀を思わせる木製インテリアに囲まれた空間へと通じる別のドアがあり、そこが楽譜売り場である。

吹き抜けの天井を見上げると、もはや古いと言われるCDやDVDが二階全体の棚を埋め尽くし、その棚の前を行き来している客たちの足が見える。彼らもまた、わたしと同じで甘く熟した過去のしみこんだCDプレイヤーを捨てられないでいるのかもしれない。三階には旅行書、語学の教科書、辞書、専門書が並んでいて、驚くほど大きな心理学の棚、痩せ気味の哲学の棚、どっしりした歴史の棚は何列にもわたり、古代史、中世史、現代史、民族史、文化史、郷土史、国際関係史など果てしなく続く。ところが「東プロイセン」はどこにもなかった。

スラブ史とかポーランド史とかソ連史はあるのに、東プロイセン史がないのは、どれほど多くの元東プロイセン人がベルリンに住んでいるかを考えると納得できない。

仕方なく隣の社会問題の棚の「少数民族」のコーナーを見たが、そこにもない。引き揚げてきた人たちを少数民族と呼ぶことはできないかもしれないが、その近くには、移民、難民、同化政策、ネオナチス、ナショナリズムなどのテーマを扱った本も並んでいた。ところが、どこまで行っても東プロイセンからの引き揚げを扱った本は見つからなかった。

諦めかけてふと宗教書の棚が目に入り、そこに並んだ本を見ていると、『プルーセンの謎』という本が目に飛び込んできた。まわりの本が大学の先生の服装みたいに地味な装丁なのに、この本だけはピンク色の活字などを使って、しかもそれが幽霊漫画のようにおどけて歪んでいる。「精神と幽霊」という風変わりな出版社の名前も聞いたことがない。

その本を開いてみると、お地蔵様とアフリカの太陽神がいっしょになったような石像の写真が出ていた。

前書きを拾い読みすると、プロイセンという名前はバルト海の南東に住んでいたプルーセン人から来ていて、彼らは独自の言語を話す民族だったが、中世にドイツ騎士団が入って来てその地を支配し、そのうちプルーセン人は吸収されて消え、プルーセン語も消えてしまった。彼らはドイツ騎士団の目には野蛮な民族のように映ったかもしれないが、キリスト教化しにくかったというだけで、独自の神々を持っていた、と書いてある。そんな記述を読んだだけでも、プルーセン人に惚れ込んでいる著者の息の熱さが感じられた。学問的に見ればそれほど信用できそうな本ではないが他にプルーセン人を扱った本がなかったので買って帰った。

本屋からの帰り道、紙袋に入った本をしっかり胸にかかえていたが、胸の下にある腹部がぐうっと鳴り、先週ベッカーさんにクッキーをもらったことを思い出した。

「ベッカー」はドイツ語で「パン屋」という意味で、よくある名字だが、彼女はパン屋ではなく実際はコンディトライ、つまりお菓子屋をやっている。

家に帰るとすぐに、太極拳に持って行くバッグをあけた。思ったとおりクッキーを入れた小箱は入っていたが、ジャージがなくなっていることに驚き、洗濯機に入れたまま家を出てしまったことを思い出した。あわてて洗濯機を開けると、

「洗い終わったらすぐ出して干さんと、洗濯物くさるで」

と洗濯機がしゃべったので、あれっと思った。CDプレイヤーと炊飯器は大阪の人にもらったので関西弁のようなものを話すが、洗濯機はベルリンの電器屋で買ったものだった。

「あんた、ベルリン生まれとちゃうの？」

「ちゃうわ。わての造られた工場はポーランドにあるんや」

「ポーランドにも関西があるんか？」

「この言葉か？　これは炊飯器に教えてもろたんや。カンサイって何のことや」

わたしが留守の間に電化製品たちがお互いに言語を教え合っているとは思ってもみなかった。

もしそうならば、家電は人間よりずっと優秀である。

ドイツで暮らす移民たちは誰でも一応ドイツ語だけは学ぼうとするが、まわりにいる他の移民の言語まで学ぶ余裕はなかなかない。たとえばパウラとロベルトは祖先が南米出身なのでスペイン語ができるが、彼らと親しく友達づきあいしているわたしでも、まだスペイン語で挨拶さえできない。アリョーナとは太極拳で会う度に話をし、いっしょに飲みに行ったことさえあるが、彼女がロシア語を話すのを耳にしたことは一度もない。いろいろな言語を抱えた移民たちの共存するベルリンだが、それぞれの言語が混ざり合うことは意外に少ない。

ドイツ語と自分の母語が混ざり合う例ならたまにある。トルコ系移民たち同士が町中で話しているのを聞くともなく聞いていると、トルコ語にドイツ語の単語を混ぜて話している。これは同じ母語を持つ人間が二人以上いないとできないことで、今のわたしはまわりに日本語を話す人がいないが、早瀬とフライブルクで暮らしていた頃は二人で日本語を話し、そこにドイツ語の単語を混ぜることがあった。日本語に訳して言ったのではむしろ何をさしているのかぼやけてしまう場合などだ。

「わたし、クンストラー・ゾチアールカッセ（芸術家社会保険）に入ろうかと思うんだけれど」

そういう種類の保険は日本にはないので、「芸術家社会保険」などと訳すとぴんとこない。会社勤めの人ならば社会保険料を半分会社が払ってくれるが、画家や作家や演奏家にはそういう特定の雇い主がいないので、「芸術家社会保険」に入るとその組織が半分社会保険料を払ってくれて、医療費も年金も保障されるという仕組みである。「芸術家」という言葉のカバーする分野は広く、フリーのジャーナリストや俳優、翻訳家なども加入できる。

「わたし、クンストラー・ゾチアールカッセに入ろうかと思うんだけれど」

と元夫の早瀬に話している自分の声が過去から蘇ってくる。早瀬がそれを聞いて顔をしかめたのは、わたしが映画の仕事をきっかけにドイツに留まる準備をいつの間にか始めていることに気づいたからだろう。

面倒な手続きをしてまでドイツの保険に入るということは、わたしがドイツに永住するつもりになっているのではないか、と早瀬は思ったのだ。わたし自身気がついていなかったがひょっとしたら当時すでに心の底の底ではドイツを去るつもりなどなかったのかもしれない。

居間にスタンドを立てて洗濯したジャージを干していると、自分の上半身が不気味なほど馴染みのない影を床に落とした。腰を曲げているのでメルヘンの挿絵の老婆のように見えたのだ。

月曜も日曜も違いのない生活を送っていると一週間など指の間を流れ落ちる水のように去ってしまう。週に一度太極拳の稽古があるのが唯一の救いで、それがなければわたしの生活は句読点のない文章のようにだらだら続いていくばかりだろう。

わたしは約束の時間に遅れやすい性格なのでそれを意識しすぎて逆にとんでもなく早い時間に目的地についてしまうことが時々ある。しかもその日は腕時計を自宅の洗面所に忘れてきてしまった。もし腕時計を持っていれば学校の前まで来て稽古が始まるまでまだ二十分もあることに気づいて、あたりを少し散策して時間を潰しただろう。

更衣室をのぞいてもまだ誰も来ていなかった。

ぼんやり立ちすくんでいると足音が近づいてきた。チェン先生だった。

「早すぎましたか。また出直します」

「そんな必要ありませんよ。お茶でもいかがですか」

見れば事務所に使っている小部屋のドアがあいていて、机の上に水墨画風に松の描かれた急須と湯飲みが置いてあった。

「すみません。ゆっくりなさっているところを邪魔して」

「邪魔になんてなりません。お茶を飲んでいただけですから」

わたしの心は揺れた。先生が静かにお茶を飲んでいる時間を雑音のように乱してはいけないという気持ちと、そんな静かな心を持つ人ならばいっしょにお茶を飲ませてもらっても邪魔にはならないのではないかという甘えと、二つの考えが衝突して軋《きし》みあうにまかせて言葉を探すのをやめて黙っていると、チェン先生は湯飲みにお茶を注《つ》いで手渡してくれた。

「あなたは時々転ぶのではないですか」

とチェン先生がふいに言った。

「そうなんです。お見通しですね」

「歩く時に足をほとんど持ち上げていないでしょう。上半身を前に傾けて足で床を擦《こす》るようにして歩いている。この間、窓から観察していたんです」

そう言ってチェン先生は蝶を見つけた少女のような笑いを浮かべた。

「だから窓からわたしを見ていたんですね」

「ああいう歩き方は腰によくないし、転びやすくなります」

「はい。どうすれば転ばなくなるんですか」

「答えは野生の馬の中にありますよ」

「わたしたちがいつもたてがみをやさしく撫でている野生の馬ですね」

「え?」

「いいえ、太極拳の動作の名称は面白いなあと思って、時々具体的に想像して楽しんでいるだけです」

「さすが映画のシナリオを書いているだけありますね」

「いいえ、わたしはシナリオは書いたことがありません。自主映画に出たことがあるだけです。それも脇役です」

ベッカーさんが部屋をのぞいたので、わたしとチェン先生の間の会話はそこで途切れた。

「あら、お茶ですか。中国のお茶にぴったりのお菓子を持ってきました」

そう言ってベッカーさんは背後に隠していたケーキ箱を机の上に置き、まるで観客の驚きを期待する手品師のような顔をしてその蓋《ふた》を開いた。箱の中にはキツネが身体をまるめているような形の、どこかずるそうな焼き菓子が九個並んでいた。お菓子にも世間にうとそうなぼんやりしたのと、人の隙を窺って何か企《たくら》んでいるようなのがあるのではないかという気がする。でもそれは決してベッカーさんがずるそうに見えるということではない。

「これは緑茶によく合うお菓子なんですよ」

ベッカーさんはぽっちゃりした頰にやわらかい微笑みを浮かべているが、よく見ると鼻柱はしっかりと顔を二等分し、鼻の両脇の奥まったところに彫り込まれた瞳は、豪雪の中でも輪郭を失わない湖のようだ。瞳の色はハシバミ色、ヘーゼルナッツの色である。前にもこんな色の目をした人と長時間話をしたことがあるが、誰だったか思い出せなかった。

「さあさあ、どうか味をお試しになってください」

わたしとチェン先生は勧められるままに人差し指と親指で焼き菓子をつまんで口に入れた。バターがあまり入っていないかわりに、ナッツがしっとりとした重さを与え、どこか月餅《げっぺい》を思わせる。だから緑茶に合うのだろう。

ベッカーさんに気づかれないように素早く箱の側面に視線を走らせると、やはり前回見たのと同じように「グリムの森通り一番」という住所が印刷してあった。

「きっと素敵なお店なんでしょうね。一度、ケーキを買いに行ってみたいです」

と無邪気さを装って鎌をかけてみるとベッカーさんはぴりっと表情を硬くして、

「わざわざ出かけていくほどの店ではありません」

ときっぱり言い切った。謙遜しているようには見えない。客に来てほしくないならどうして住所を印刷した箱まで作らせたのだろう。

翌朝になってもベッカーさんの店のことが気になって頭を離れなかった。半信半疑のまま地図の索引を調べてみると、「グリムの森通り」という名前が実際に載っていたので驚いた。地図では薄緑色に塗られた大きな森の入り口に短い通りがあり、それがグリムの森通りだった。

この地図の中では、住宅地は薄桃色、大通りは黄色、アウトバーンは真っ赤な色に彩色されている。薄緑色に塗られているのは森や草原、埃っぽくかすれた黄緑色は工場跡や空き地だろう。地図上の色彩を目で行き来しているうちに、すぐにでもベッカーさんの店、あるいは「グリムの森通り」に行ってみたくなった。

わたしは空想を畳むように地図を畳んでコーヒーを煎れ、翻訳の仕事にとりかかった。クライストの「ロカルノの女乞食《こじき》」に出てくる年老いた宿無し女の姿を思い浮かべようとすると、絵本の挿絵に描かれたような魔女の顔が浮かぶ。かつて魔女扱いされた女性は実際には魔女などではなく、家族がおらず、町はずれや森の中で生活しているうちに歳をとった普通の女性たちだったかもしれない。

ロカルノの女は死んで幽霊になった。幽霊といっても現れ方はいろいろだが、彼女の場合、姿は全く見えず、足音や溜息だけが聞こえる。耳の幽霊である。もしその音が侯爵にしか聞こえないならば、それは罪の意識に苦しめられる侯爵の幻聴だと言えるかもしれない。

今の時代ならば侯爵はセラピーに通って、幻聴が聞こえなくなる日を待つのだろう。ところが、この小説の中では、妻や使用人や客にまでその音が聞こえる。複数の人間に聞こえるというだけで、それが幻聴ではなく現実だと言い切れるのか。たとえば宇宙人を見た人が一人なら幻覚で、五人ならば現実だと断定できるのか。集団催眠をかけられたのかもしれないし、洗脳されたのかもしれない。人間は集団的にだまされやすい生き物で、特に戦争が始まったりすると脳味噌《のうみそ》を洗濯機に入れられて理性も知識も洗い落とされてしまうこともある。

客観的に見て幽霊がいるのかいないのかを判断する基準としてクライストの小説の中で期待されたのは、意外にも一匹の犬だった。

「三日目の夜、侯爵と侯爵夫人が真実をつきとめるため、心臓をどきどきさせながら客間へ階段を上がっていくと、家で飼っている犬が鎖をはずされてたまたまドアの前にいた。上手く説明はできないが二人ともなんとなく自分たち以外に第三者である生き物がいた方がいいと思い、犬を連れて部屋に入った。机上には灯りが二つ、夫人は服を着たまま、侯爵は棚から剣とピストルを出して側に置き、十一時頃夫婦はそれぞれのベッドの上に腰を下ろした」

その時近所で犬が吠《ほ》えた。本を読んでいて「犬」という言葉が出てきた瞬間に外で犬の鳴き声がするというような偶然は前にも経験した覚えがある。こういう偶然にこそ亡霊性を感じる。亡霊がまわりに起こる様々なできごとを見えない糸で次々結んでいくように思えるのだ。

クライストの切れそうで切れない文章は、セミコロンを挟んで先へ先へと続いていった。わたしはドイツ語で句点が打ってあるところに日本語でも同じように句点を打たなければならないというような強迫観念にとらわれていたので、原文に句点がないのに句点を打ってしまう度に罪悪感を感じた。でも打たずにはいられなかった。文章が切れないと息切れがしてくる。翻訳者だって時々息を吸わなければ窒息してしまう。

「二人ができるかぎりお喋りで時間をやり過ごそうとしている間、犬は頭と前足をまるめて部屋の真ん中に横たわり眠り込んでしまったが、深夜の十二時が訪れた瞬間、おぞましい物音がまた聞こえた。人間の目には見えない何者かが部屋の隅で杖にすがって立ち上がったのだ。その下で藁《わら》のがさがさいう音が聞こえ、タップタップという最初の足音で犬は目を醒まし、耳を尖《とが》らせて突然床から立ち上がり、まるで誰かが近づいてくるかのように唸り、吠えながら暖炉の方へ後退《あとずさ》りした。夫人はそれを見て、髪の毛を逆立てて部屋を飛び出した。侯爵が剣を握って、そこにいるのは誰だ、と叫んでも答えがないので怒り狂って四方の空気を切りまくっている間、夫人はその場で町へ向かう決心をして馬に車をつながせた。必死で荷物を門から運びだそうとしている夫人は、城が炎に包まれるのを見た。侯爵があまりのことに興奮を抑えきれず、蠟燭を手に取り、木材をはった部屋の四方に、生きることに疲れて、火をつけたのだった。夫人は不幸な男を救うため城の中に人を送り込んだが手遅れで、侯爵はこれ以上惨めな死に方はないほど惨めな死を遂げ、今日なお、土地の人たちが集めた侯爵の白い骨が、かつて彼が老婆に立てと言った部屋の隅に置かれている」

わたしはしばらく呼吸をとめていたことに気づいてあわてて息を深く吸って吐き、自分の訳している小説から逃げるように椅子から立とうとした瞬間、よろけて机につかまった。このまま倒れていれば、ロカルノの女と似たり寄ったりだ。

襟巻きをきりっと巻き、長いコートのボタンを膝までしっかり閉めて外に出た。小説の中で炎上する城を見たあとの心のざわめきは行き場を失っていた。大通りに出ると犬が一匹、鼻を道にすりつけるようにして小股で忙しそうに前を通り過ぎた。首輪はしているが飼い主の姿は見あたらない。犬はどこに行くつもりだろう。ひたすら甘い匂いを追って先へ先へと歩いて行くだけなのかもしれない。

わたしも犬のように嗅覚が発達していたら、散歩する時にはひたすらいい匂いのする方へ歩いていくのかもしれない。甘い匂いをどこまでも追っていったらベッカーさんのやっている店にたどり着くかもしれない。

いつも揺れが大きい環状線の電車は、ゆりかごのようにわたしを町の北へ運んでいった。北といってもかなり東に傾いていたかもしれない。まだ少し迷う気持ちはあったが、好奇心には勝てなかった。環状線を降りてそこを走っているたった一本のバスを二十分近く待ち、ひょっとしたら来ないのではないかと心配になったところに幻のように現れたので乗りこむと、誰も乗っていなかった。一番後ろの列まで進んでバスの揺れに身体をまかせていると、針葉樹がいつの間にか地平線を覆いつくし、それは単数形の森ではなく、いくつもの森が重なりあってポーランドとの国境を越えて続いているのではないかと思った。

バスを降りると魔女のイラストの描かれた標識が立っていた。どうやら矢印の方向に歩いていけば「グリムの森通り」があるということらしかった。

手書きの文字のせいか、観光客向けにつくられた架空の名前のように見えた。中途半端な午後の時間帯なので鳥のさえずりも聞こえず、もちろん人影もない。

しばらく歩いてから、ベッカーさんが店には来てほしくないような様子をしていたことを思い出した。引き返した方がいい、と頭の中では思いながらも、靴の先は薄く積もった枯葉《かれは》をカサカサとかき分けながら進んだ。チェン先生には、足をちゃんと持ち上げて歩くようにとアドバイスしてもらったが、今わたしは又地面を足の裏でこするようにして歩いている。

落ち葉の音は奥へ進むに従っていっそう騒がしくなり、家も標識もない樹木の連続だけからなる世界にはもう、ここがどこなのかを教えてくれる文字はなかった。このまま気がつかないうちに国境を越えてしまって、見えないところから監視している兵隊に発砲でもされたら、と思って反射的に首を縮めたところで、冷戦はとっくに終わっていることを思い出した。斜め上の枝の上をちょろちょろっと走って動きを止めてこちらを見たリスと目が合った。もう東ドイツは存在しない。ポーランドとの国境も気楽に越えることができる。それでもわたしはちょっと散歩に出る時でも必ずパスポートを鞄の中に持っていた。うっかり国境を越えてしまって身元を証明できずに帰れなくなる、そんな夢を何度か見たことがあった。

　空はすでに鈍色《にびいろ》の雲に覆われ、こんな天気では早く日が落ちそうなので引き返そうかと思った時、前方の木立の間に赤い三角屋根が見えた。近づくと絵本の挿絵のような家があらわれた。家の壁からペンキを塗った大きな手が出ていて、その掌《てのひら》に銀紙に包んだ四角いお菓子がのっている。甘いにおいがぷんとしたような気がした。近づいてお菓子に手を伸ばした瞬間、がらんがらんと鐘が激しく鳴ってドアが開いて、ベッカーさんが姿を現した。

「あら、本当にいらしたんですね」

　ベッカーさんは半分わたしのしたことを咎《とが》めながら、四分の一は諦めたような、そして残り四分の一はひそかに喜んでいるような調子で言った。

「すみません。お菓子のためなら長い道のりも苦にならないんです」

　とわたしは嘘を言った。

　ケーキでもクッキーでも誰かがくれるなら喜んで食べるが、わざわざ評判の店を訪ねていったことはこれまで一度もなかった。その代わり、人の秘密や解けない謎などは放っておけないたちで、なぜベッカーさんがお菓子の箱に住所を印刷しておきながらも店には来てほしくなさそうだったのか、その矛盾に惹《ひ》かれてこんなところまで来てしまった。

　ベッカーさんはわたしの嘘など見透かしているという薄い笑いを浮かべて言った。

「こんな不便なところまで来てくれるのは、子供たちだけですよ。大人はブランドにふりまわされるか、値段だけ見て安ければ買うか、どちらかですから」

「子供たちがこんな遠くまで来るんですか」

「最近は来なくなりましたが、かつては頻繁に来ていました。実は嫌な事件が起こって、それ以来子供も大人もあまり来なくなってしまったのです。でも辛抱強く待っていれば、いつかはまた、信用が戻ると信じています」

ベッカーさんの目のまわりは話しているうちにかすかに黒ずんでいった。

「まあ、おすわりなさい。呼ばれざる客、大歓迎です。遠い道のりをせっかくここまで来たのですから、甘くて苦いお菓子悲劇の全コースを味わっていってください」

ベッカーさんは、わたしがいきなり訪ねて来たことを受け入れて、楽しむ決心を固めた様子だった。勧められるままに椅子にすわると空中を漂う甘い匂いが更に濃厚になり、脳の芯まで届いた。

「奥で紅茶を煎れてきますから、その間に前菜、主菜、デザートに食べたいお菓子を選んでおいてください」

「前菜も主菜もお菓子で、その上デザートまでお菓子なんですね」

ショーケースをのぞくと、クッキー、ビスケット、マフィン、ケーキなどが並べてあったが、値段は書いてなかった。

ベッカーさんが紅茶ポットとカップをのせたお盆を持って戻って来た。太極拳学校の更衣室で見る印象と違って、ベッカーさんは官能的な雰囲気を醸し出していた。襟の開いたブラウスから溢れ出しそうに乳房が豊かで、ほどいた髪も豊かに波打っていた。それともメルヘンの世界に迷い込んだわたしの目がそこにはないものを見始めているのだろうか。

「どのお菓子を選んだの？」

そう訊かれて、わたしは意識がなんだかぼんやりしているなと思いながら、真っ黒なケーキを指さした。

「カラスのケーキを選んだのね。これはカラスのお母さんが子供たちのために一生懸命焼いたケーキよ」

ベッカーさんの口調はいつもと違っていて、わたしは自分が子供扱いされているような気がしたが、腹立たしいというほどではなかった。黒光りするケーキが真っ白なお皿にのせられ目の前に置かれると、表面におそるおそるケーキフォークを刺して一口食べた。チョコレートの味にスグリの酸味と砂糖の焦げたような苦みが混ざっていた。「カラスのお母さん」というのはドイツ語独特の表現で、「子供を可愛がらない母親」という意味だが、そんな母親が子供のために焼いたケーキならば、複雑な味がしても不思議はない。

「お店がこんな不便な場所にあったので驚いたでしょう？」

「いいえ、春になったら多分この辺は一面緑で、散歩に来る人も多いのでしょう」

「でもわたしの人生は冬がほとんどですからね。春の話をしてもあまり意味がありません」

どう答えていいのか困って黙ってしまったわたしを励ますようにベッカーさんは言った。

「もっと食べてください。わざわざこんなに遠くまで来てケーキ一個しか味見しないで帰るのでは残念過ぎます。少なくとも三個は食べてくださいね。いくつか食べられるように、わたしのケーキはわざとドイツ・サイズではなく、フランス・サイズにしてあります。秋のケーキは地味なものが多いのですが、春になると森で摘んできた花をケーキにのせて飾ることもあるんです」

さっきは春の話などしても意味がないと断言したくせに自分から春に咲く花の話をしている。なんだかベッカーさんが春の花を使って、黒いカラスの秘密を覆い隠そうとし始めたように感じて、

「花を摘むためにわざわざ町はずれの自然の中にお店を開いているんですか」

と喉につまりそうになっていた疑問を素直にぶつけてしまった。

ベッカーさんはわたしの目を正面から見て語った。

「わたしもかつては町の真ん中に店を出していたんですよ。その店はかなり上手くいっていた。ある時、近所にチェーンのケーキ屋さんができたんですけれど、わたしの店に来るお客は減りませんでした。ところがしばらくすると、家主が家賃を倍に値上げすると言ってきた。そんなことは法律上できないはずなのですが、地下室を改築しなければならない、とかいろいろ不自然な理由をつけて、家賃が払えないなら出ていってほしいと脅すのです。それで裁判を起こし、頼んだ弁護士は勝てるだろうと言ってくれたのですが、その頃から不安で夜眠れなくなりました。病気

になるのは嫌なので、訴訟を引っ込めて店をたたむことにしました。その頃、ハイキング客相手に森の入り口で売店をやっていた人がその店を売ろうとしているという話を耳にしました。森の入り口と聞いて初めは気乗りしなかったのですが、一目見ただけでこの場所がすっかり気に入りました。銀行からは思ったほど資金が借りられなかったので、壁の塗装も床の張り替えも看板作りも全部、友達に手伝ってもらって自分たちでやりました。なんだか子供の演劇祭の舞台装置みたいでしょう?」

「絵本の挿絵みたいで素敵です」

「こんな場所まで客が来るか心配していたのですが、ハイキングコースが近くを通っているおかげで春から秋の初めにかけては結構お客が来ることがわかりました。お客さんは少しずつ増えて、ここに散歩に来てこの店でケーキを買わないと日曜だという実感が湧かないと言ってくれるお客さんまで出てきました」

「成功したんですね」

「そのうち平日、親の付き添いなしで自転車に乗って来る子供たちが増えてきました。形が崩れてしまったケーキをただで子供に食べさせたのが原因です。子供にとってケーキはお小遣いで買える駄菓子とは違うので、ただでケーキが食べられるという噂が広がると、親に内緒で来るようになったんです。わたしは親にはきちんと話さなければいけないと言いました。子供たちもそうすると約束してくれたんです。雑誌のインタビューを受けたこともありました。子供たちの夢、森のケーキという見出しで」

「すばらしいですね」

「いえ、それがそうでもないんです。有名人がインタビューを受けるならいいけれど、自分より貧乏な生活をしていると思っていた人がマスコミに注目されると妬《ねた》む人もいます。まあ、それが原因かどうか分からないけれど」

「何か言いがかりをつけられたんですか」

「はい。子供をケーキで釣って店内に誘い込んで暴力をふるっている、と警察に訴えた人がいるんです」

「あなたが子供たちに暴力をふるったということですか？」

「そうです」

「そんなデタラメは誰も信じないでしょう」

「ところが世間は不思議なもので、信じたいことは信じてしまう人が多いんですね。そもそも事の発端は、子供たちの中に一人乱暴な子がいて、他の子のケーキに唾《つば》を吐きかけたんです。わたしが叱ると、怒って床にお皿を投げつけて割りました。だからきびしく説教しようとしたところ、逃げようとしたので腕を強くつかみました。もちろん暴力などふるっていません。でもその子、たまたまその日学校帰りにクラスの子と喧嘩《けんか》して額に傷を受けていたんですね。家に帰って母親に傷のことを訊かれて、わたしがケーキフォークを持って襲ってきた、と嘘をついたようです。

それで母親が警察を連れてここに来て事情聴取されました」

「警察は話を聞いてくれましたか」

「はい。幸い警察はわたしが子供に暴力をふるったという話は信じていないようでした。証拠もありませんし」

「よかったですね」

「でもそれからいろいろと変な噂がインターネットで流れ始めたんです。怪しい店を町はずれで開いている独身の中年女。それだけで魔女扱いです。そういうところは中世も今も変わっていないのではないかと思いましたよ」

「何かわたしにできることがあれば言ってください」

「ありがとうございます。これからは信用できるお客様を一人ずつ増やしていくつもりです」

ベッカーさんの話を聞いているうちに胸がつまって喉が渇いてきた。

わたしがケーキを食べ終わるとベッカーさんの顔からすっと甘みが消え、別れの挨拶もお互いそっけなく、一人バスの停留所に向かう道、背後の森が夜に向かって少しずつ膨張していくように感じられた。

やっとバスが来て、人恋しさから運転手に「今晩は」と挨拶すると、運転手はぼそっと「ヴァルトアインザムカイト」と答えた。

バスの運転手が知らない客に何の前置きもなく「ヴァルトアインザムカイト（森の孤独）」な

ど言う可能性は大変低い。おそらく日が暮れて急に冷え込んだわたしの耳にエンジンの音がそう聞こえてしまったのだろう。

「ヴァルトアインザムカイト」は世間を離れて森に一人暮らす宗教者などの孤独をさすと教えてもらったことがある。ヨーロッパの中世には修道院ではなく、一人森の中で隠遁生活を送る男たちがいたらしい。ひょっとしたら女性が同じことをして、魔女だという噂を立てられてしまうこともあったかもしれない。


鍵穴に鍵を差し込んだ瞬間、家の中で電話が鳴り始めることがある。早く家に入って電話に出ようとあわてると、鍵がなかなかまわらない。この時もそうだった。やっと鍵をまわし、前につんのめるようにして居間に飛び込んで電話に出るとスージーだった。

「でかけていたの？」

「うん、グリムの森に」

「狼に会いに？」

「狼はいなかったけれど、魔女に会った。ヘンゼルとグレーテルを食べようとした魔女」

「あなたは肉がかたいと言われて、家に帰されたの？」

「違う。魔女だと言われた女性は実はやさしいお菓子作りの職人だった。彼女が子供を食う魔女だ、というのは誹謗《ひぼう》中傷で、彼女は、おいしいケーキを子供たちが食べて喜ぶのを見るのが好きなだけだった。でも一人悪い子がいたから厳しく叱ったら、魔女だという噂をネット上でばらまかれた」

「悪い子って、どのくらい悪いの？」

「ほかの子のケーキに唾をかけたり、お皿を床に投げつけて割ったり」

「かなりのワルね。あなたはその魔女とどこで知りあったの？」

「太極拳学校に来ている人なの」

「魔女なら恐い顔？」

「やさしそうな顔。しかもいつも甘い香りが漂っている」

「ぜひ友達になりたい種類の魔女ね。ところで歯科医院をやっているオリオンさんを紹介してくれて、ありがとう。お礼を言おうと思って電話したの」

「気に入った？」

「信頼できそう」

「わたしは正直言うと、最初はオリオンさんに好感が持てなかった。英語で話している時は機嫌がよくて、ドイツ語を話す時は不機嫌な人だから。わたし、そういう人は好きになれないの」

「どうして英語で話したの？」

「わたしとじゃなくて、ロザリンデっていう名前のフィリピン人がいてね、その人とオリオンさんは英語で話していたの。ロザリンデの英語は信じられないくらい流暢で、ＢＢＣ放送のアナウンサーみたい」

「あなた、ＢＢＣ放送を聴いているの？　すごいじゃない」

「聴いてないけど」

「ロザリンデはどうしてそんなに英語が上手いの？」

「子供の頃から家でも英語を使っていて、イギリスの大学に留学して、それからドイツで英語を教えているの。でも最近顔色がわるいの。病気なのかな」


スージーとそんなたわいもない話をした次の週、ロザリンデの顔を改めて見ると頬がこけて、眼だけが不釣り合いに大きかった。更衣室にはわたしたち二人だけだったので声をかけようとすると、ちょうど入ってきたオリオンさんが、

「あなた、病気したんじゃない？　インフルエンザ？」

と冷たくはないが冷静な医者らしい口調で尋ねた。ロザリンデは目を伏せて、

「いえ、病気ではないいんですけれど」

と何か話しかけてお茶を濁した。

「熱があったんじゃない？　食欲は？」

オリオンさんは英語に切り替えた。その方がロザリンデも話しやすいと思ったのかもしれない。

「心配事が一つあって」

「どんな心配事？　わたしでできることなら言って」

「それが非理性的な心配事なので、ノイローゼかも。そう思うとますます眠れなくなってしまって」

「誰かに追われているような気がするの？　ストーカー？」

「追いかけるとか、覗くとか、そういう積極的なことではなくて」

「積極的ではない、つまり消極的な危害を与えてくる人がいるの？　犯人は誰？」

「犯人ではなくて、むしろ、その犠牲者。女性です」

「誰なの、その人は？」

脇で話に耳を傾けていたわたしは息を呑んで答えを待った。ロザリンデはこれ以上曖昧にしても埒《らち》があかないと悟ったようで、いきなり秘密をぶちまけた。

「実はバスタブの中に女性の死体が横たわっていて」

肝の据わったオリオンさんも思わず、ええっと声を上げた。ロザリンデはオリオンさんの興奮を抑えるように両手をひらひらと動かしながら先を続けた。

「安心してください。それほど恐い幽霊ではないんです。夜入浴するつもりでバスタブにお湯をはったら、お湯の中に死体が見えたんです。翌朝起きて覗くと消えている。それで冷めたお湯を抜いて、シャワーを浴びるんですけれど、わたし、お湯につかるのが好きなんです。入らないと身体が冷えて寝つけない。だから次の日の夜、またバスタブにお湯をはったら、また中に死体が見えたんです」

「どんな死体？　誰か知っている人の死体？」

「いえ、家族でも親戚でも友達でもありません。でも何だか前に会ったことがあるような気がしてならなくて、だから恐いんです」

オリオンさんは恐さを吹っ切るように胸をはって、

「恐がることはないわ。このわたしが今日稽古が終わったらいっしょに行って、死体の正体を見極めてあげます」

と宣言した。それから一人で行くのが不安になったのか、いきなりわたしの上腕をつかんで、

「この人もいっしょに来るから」

とわたしの意思も確かめずに勝手に決めてしまった。このやり方はいくらなんでも横暴だとは思ったが、わたしは従順に頷いた。

「いいわね。今日太極拳が終わったらいっしょに家に行っても？」

とオリオンさんが念を押すと、ロザリンデは頷いて、消え入るような声で礼を述べた。

この日は太極拳二十四式の四番目にあたる、膝の前を払いながら前に進むフォームを学んだ。払うというより、むしろ守る。膝のお皿を守りたいという気持ちはいつもどこかにある。膝のお皿を割られてしまったら、生きる自信にもヒビが入ってしまうだろう。わたしの膝には、転んで硬いコンクリートに打ちつけられた痛い記憶が残っているが、チェン先生に転ばない歩き方を教えてもらったので、これからの人生はあまり転ばないですむかもしれない。

太極拳の手の動きは自分の身体の前面を守ることを忘れない。ボクシングのように具体的に顔などを殴られないように拳骨《げんこつ》で守っているようには見えないが、太極拳は胸の前の空間を守り、ここまでがわたしの領域だからここから中には入らないでくださいね、と境界線を示しているようにに見える。実際に攻撃してくる相手はいない。ましてや顔を殴ろうと隙を狙っている敵などいない。そんな敵を最初からつくらないようなところがある。

ちらっとベッカーさんの方を盗み見ると、わたしの視線には全く気づかずに自分の腕のあるべき正しい位置を必死で探していた。彼女の敵は、人の成功を妬んで悪意を吹きかけてくる人たちだ。こんな風に膝の前を払いながら前へ進んでいくだけで、ネット上の誹謗中傷から身を守ることができるのだろうか。

妊娠中のクレアは、膝ではなく下腹部を守っているように見える。案の定、チェン先生に「もう少し腕を上にあげて」と注意を受けている。

このフォームの練習が一通り終わると最初から通しでやってみたが、どうやらわたしたちは鶴が翼を広げる第三式が全くできていなかったようで、そこだけ復習してみましょうと、チェン先生が溜息をついて言った。

「ただ手を上に動かすのではなくて、身体の内部にある螺旋階段を一段ずつ登りながら腕を上げていってください。一つ、面白い実験をしてみましょう」

チェン先生はアリョーナに、しっかり床に足を踏ん張って立っているように指示し、ぴんと伸ばした両手でアリョーナの右腕を横から強く押した。アリョーナはびくともしなかった。

「このように腕だけを使ったのでは、たいした力は出ないのです。でも見ていてください。螺旋の魔術です」

と言いながらチェン先生は、今度はアリョーナの背中のちょうど脇の下の高さに自分の上腕を当てて、足の裏から、お腹、腕と螺旋状に力を誘導し、斜め下からぐいと押し上げた。するとアリョーナはたちまち重心を失って、前方によろめき倒れそうになった。

「力を効率よく使えば、誰でもスーパーウーマンになれます」

と先生が言うとアリョーナはひどく興奮して、

「すごいですね。一人暮らしの老女が強盗をやっつけて警察につきだした、というニュースが報道されるのを待っていてください」

と冗談を言った。するとオリオンさんが、

「あなたが老女ならわたしは白骨死体ですよ」

と言ったので、みんなが一つの声になって笑った。

稽古が終わってからオリオンさんとロザリンデとわたしは更衣室にしばらく残って作戦を練った。アリョーナはわたしたちの方に好奇心を湛えた視線を向けていたが、そのうち何か急に大事な用事を思い出したらしく、あわてて更衣室から出ていった。クレアはこれから夫といっしょに乳母車を買いに行くのだと嬉しそうに言い残して帰っていった。わたしは「赤ん坊を迎える人間もいれば、幽霊を迎える人間もいる」と言いそうになったが、ロザリンデが深刻な顔をしているので冗談はひかえた。

「あなた、そもそもどこに住んでいるの？」

とオリオンさんに訊かれると、ロザリンデは小声で、

「すみません、大切なことを言い忘れていました。電車で三駅も乗って行ったところなんです」

と申し訳なさそうに答えた。

「謝る必要はないでしょう。どんなに遠くても行く覚悟はしていたんです。三駅なら近い」

とオリオンさんは女親分気取りで先にたって駅の方へ歩き始めた。

ロザリンデの暮らす家はサーモン色のレンガでできた建物で、カラスの濡れ羽色の屋根は魔女の帽子の形をしていた。

「わたしは二階に住んでいるんです」

「幽霊は宙を飛ぶから、何階でも同じなんでしょうか。泥棒はやっぱり一階に入ることが多いそうです。これから対決するのは、泥棒じゃなくて幽霊なんですよね」

とオリオンさんが自分自身を励ますように、わたしたちの顔を見ないで冗談を言った。わたしはなぜか「ミイラ取りがミイラになった」という諺を思い出して身体《からだ》を硬くした。

ロザリンデの部屋はそのまま映画のロケに使えそうだった。各所に配置された花瓶、立ち机、額縁に入った田園風景の油絵やランプなどの醸し出す雰囲気は、「ビクトリア時代」という言葉

を思い出させた。わたしの目の動きをすばやく捉えてロザリンデが、

「偽物ばかりですよ。イギリスのお芝居が好きなのでつい自分の家まで舞台装置みたいに飾ってしまうんですね。でもお金はかかっていないんです。蚤《のみ》の市で安く手に入れた物ばかりです」

とすまなそうに言った。壁にはぎっしり英語の本が並んでいた。タイトルは読まなくても表面にさっと視線をすべらせただけで、装丁の違いからドイツの本ではないことがすぐに分かった。

「紅茶でもいかがですか」

「バスタブに死体が横たわっているというのに、わたしたちはここで悠々とお茶を飲んでいていいんですか」

とオリオンさんに言われるとロザリンデは小麦色のすべすべした額に縦皺《たてじわ》をよせて答えた。

「今バスルームに入っても幽霊はまだ見えません。幽霊は俳優と同じで、自分の出番が来なければ出てきません。まず、わたしがお茶を煎れてバスタブにお湯をはります。お茶を飲み終わったら電気を消して、蠟燭を持ってバスルームに行きましょう」

ロザリンデが顎でそれとなく指した箪笥《たんす》の上を見ると、フォークの形をした銀の燭台が置いてあった。

ロザリンデは慣れた手つきでマッチを擦って手際よく三本の蠟燭に火をつけていった。

「なんだかお芝居の演出みたいですけれど、実はわたしもお芝居は好きなので喜んで参加します」

わたしはなんだか身体がぞくぞくしてきたので、ごまかすように冗談めかして言った。ロザリンデはわたしの本心を探るようにじっと目を見て言った。

「わたしもお芝居は好きです。母の影響です。母はハイスクールの演劇祭でオフィーリアの役を演じた時のことを繰り返し話していました。母は結婚してからは舞台に立つこともなかったのですが、心だけは一生女優だったんです」

「お亡くなりになったのはいつですか」

とオリオンさんに訊かれてロザリンデは電気柵にでも触れてしまったかのようにびくっと身体で反応し、

「まだ生きています」

と訂正した。オリオンさんはあわてて謝ったが、ロザリンデはオリオンさんの誤解ではなく別のことに気をとられているようで早口で話し始めた。

「でも糖尿病なんです。マニラでは仕事も見つからないので、わたしが生活費を送っています」

ロザリンデが炎のゆらめく燭台を簞笥の上に置いたまま紅茶を煎れるために一人台所に引っ込むとオリオンさんが翳《かげ》った顔をわたしに向けて、

「大変ですよね、彼女の生活は。疲れていて孤独だから、幽霊が見えたりするんじゃないでしょうか」

と囁《ささや》いた。わたしは急に思いついて、

「幽霊は本当にあらわれるのかもしれませんよ。生きている人に聞いてほしい話があって。たとえば不当な暴力を受けて死んだ幽霊は、くやしくて死んでも死にきれない。犯人にどうしても自分の怒りを知ってほしい。だから幽霊になってあらわれる」

と言ってみたが、それがクライストの小説の筋であることは明かさなかった。

「ロザリンデは人に恨まれることなどしないでしょう」

「確かにそうですね。でも、幽霊には人につくのと、家につくのと二種類いるそうです。もしかしたらこの家で何かあったのかもしれませんよ」

「さすが翻訳家は考えることが文学的ですね。ロザリンデのために幽霊の言葉を翻訳してあげたらどうですか？」

オリオンさんに翻訳の仕事をしていると話した覚えがなかったので、わたしは内心首をひねった。誰に聞いたのだろう。しばらく考えているうちに思い当たることがあった。親友のスージーがオリオンさんに歯の治療をしてもらった時にわたしのことを話したに違いない。

しばらくすると薄紫色の草花の模様の付いた紅茶ポットと同じ模様のカップを三つお盆にのせてロザリンデが部屋に戻ってきた。カップが配られると、まるでこれから幽霊を呼び寄せる儀式が始まるような緊張した空気が密度を増していった。わたしはカップを啜め、努めて明るい口調で幽霊とは縁のない話をした。

「実はね、この間ベッカーさんのやっている店に行ってきたんです。町はずれの大きな森の入り口にあるお店でした」

ロザリンデがすまなそうな顔をした。

「ベッカーさんのお店ではおいしいケーキを食べて、楽しいお話をしたのでしょう。今日のように暗い話ではなくて。せっかく来ていただいたのに申し訳ありません」

「いいえ、ケーキは甘かったのですが、ベッカーさんの体験談は苦かったんです。彼女はかつて町の中でケーキやクッキーを売る店を開いていたそうです。そのお店は流行っていたのですが、大きなチェーン店に邪魔されて町の外に店を移すしかなくなってしまったんです。不便な場所でもそのうちお客さんはどんどん増えて、特に子供たちに人気が出たのですが、今度は誹謗中傷を受けて」

明るい話題をふってロザリンデを元気づけるつもりが暗い展開になってしまったが、ロザリンデはかすかに微笑み、オリオンさんも冗談めいたことを言った。

「幽霊は苦いものでしょうかね。酸っぱいかもしれません。酸っぱいから姿をあらわすのでしょう」

ドイツ語の「酸っぱい」には、誰かに腹をたてているという意味もある。ロザリンデはまた暗い表情に戻って、ほっそりした肩をすぼめて早口に話し始めた。

「死んだ人が生きている人のように動くのが幽霊ですね。わたしのバスタブに横たわっている女性は動きません。こんな言葉を使うのは嫌ですが、あれは多分死体です。幽霊ではありません。

目は閉じたままなのですが、死体なのに肌がみずみずしく、唇は赤い薔薇の色をしているんです。髪は長くてドレスは白です。美女です」

遠くからバスタブを満たすお湯の音が聞こえてくるが、音程が次第に低くなっていく。わたしはふと思いついたことを口にした。

「どうして美女なんでしょうね、その死体は」

「どうしてって？」

「死体はぜひ美女であってほしいと願う人たちがいる。水の中に横たわるオフィーリアの死体を描いた画家は何人もいますが、必ず美しいでしょう。でもあなたはそういう画家たちとは違う。美しいかどうかは本当はどうでもいいのではないですか」

するとオリオンさんがはっと気づいて、

「美女だというのは、ロザリンデ、あなた自身の姿が水面に映っているだけじゃないですか」

と訊いた。

「違います。わたしは美女ではないし、白いドレスなど持っていないし、髪もあれほど長くない。あと三分くらいしたら見に行きましょう」

「もし本当に死体がバスタブに横たわっていたらどうしましょうか」

とオリオンさんが今更そんなことを言い出したので、わたしは笑いをこらえて、

「まず写真を撮らないと」

と答えた。

「写真なんか撮ってどうするんですか」

「写真に写れば現実だという気がするので」

「幽霊は写真に写らないんですか」

「心霊写真というジャンルがあるくらいだから、写る幽霊もいるのでしょう。幽霊のたてる音は聞こえるけれども、その姿は人間の目には見えない、という場合もあります。人間の目には見えないけれど犬が吠えるので、そこに幽霊がいることが分かるという場合もあります」

紅茶のおかげか緊張はすっかり解けて、修学旅行の就寝時のような楽しさが湧いてきた。ロザリンデの頬にも血の気が戻っていた。

オリオンさんは紅茶のおかわりをして改めて本棚に目をやった。ロザリンデはわたしたちの顔を交互に見ながら語った。

「わたしは本を読むのが好きで、子供の頃両親の本棚にあった本を片っ端から読みました。幽霊の話は大好きでした。イギリス人のいいところは、幽霊が好きなことですね」

「イギリス人？　子供時代はマニラではなかったんですか？」

「マニラです。でも両親が持っていた本は、ほとんどイギリス人が書いた英語の本でした」

「うらやましいですね」

「いいえ、もし現地語の面白い本が家にたくさんあったら、それを読んだでしょう。そうしたら、英語の本を読まなくてもすんだはずです。英語の本が読めることは幸せですが、その理由が母語の本がなかったから、ということでは少し寂しいと思いませんか。オリオンさんは子供の頃、ドイツ語の本が家にあったのでしょう?」

「はい、わたしの両親はドイツ文学全集を買いそろえて居間に飾っていました。でもあくまで家具の一部として飾っていただけで、実際に読んだのかどうか。わたしは高校生になってからこっそり読みました」

「こっそり?」

「だって泥棒とか殺人とか不倫の話ばかりで、なぜ両親がそんな本を居間に堂々と飾っているのか理解できなくなりました。恐らく父も母も教養があると思われたくて文学全集を買ったものの、最初から読む気はなかったのでしょう」

「ミサさん、あなただって日本語の本が家にあったでしょう?」

「もちろん。実家にあったのはすべて日本語の本です」

「それは幸せなことです」

「そうですか。フィリピンの家庭ってみんな英語の本を居間に並べているんですか」

「みんなではありませんが、本のたくさんある家庭の本棚にあるのはほとんど英語だと思います。母は若い頃アメリカで看護師として働いていて、同じ町に留学中の父親と出逢ったんです。それから二人でマニラに戻って家庭を築きました。わたしはイギリスから奨学金をもらって留学し、寄宿舎に入って勉強し、最先端の英語教育を知りました。卒業後、ベルリンの語学学校で英語を教える職につけたのもそのおかげです」

「どうしてドイツなんですか」

「外国人のわたしがイギリスで英語を教える職につくのは難しい。でもドイツには英米人だけでなくて、シンガポールや南アフリカ出身の教師を積極的に採用している語学学校がいくつかあります。国際社会で英語を使う時に相手がイギリス人である可能性はそれほど大きくはない。いろいろな相手と英語で会話するというのはどういうことなのか、それを教えられる教師が求められているんですね。そんな教師を目指しているんですが、わたしももっと努力しないと」

すらすらとそんな風に語る優等生の経歴の一体どこに幽霊があらわれる隙があるだろう。

「ではそろそろバスルームを覗いてみましょうか」

と言ってわたしは立ち上がった。ロザリンデは燭台を手に握ったまま、紅茶を最後の一滴まで飲み干してオリオンさんが立ち上がるのを待った。オリオンさんは腰を撫《な》でながら、

「さて、ガイストがわたしたちに一体何を言いたいのか、聞きに行きましょう」

と言ってわたしに目配せした。ガイストというドイツ語は、幽霊だけでなく精神という意味もあるので理性的過ぎてあまり恐くない。幽霊という意味で使う場合は「ガイスター」と複数形を使うことが多いが、バスタブの中に横たわっているのは一人の女性の幽霊なので単数形で「ガイスト」と言ったのだろう。とするとそれは「幽霊」ではなく「精神」とも訳せることになる。

暗い廊下を三人一列になって、足音をたてずにバスルームに向かう。先頭は鹿の角のような燭台をかかげたロザリンデ、次がわたしで、オリオンさんが奇妙な幽霊狩り行列の尻尾になっている。蠟燭の炎がゆらめく度にわたしたちの影が壁で踊り、一時もとどまることなく姿を変え続ける。

バスルームのドアが開かれ、蠟燭の灯《あか》りが壁を覆う白いタイルを照らし出すと、わたしの立ち位置からはロザリンデの肩越しに見えるバスタブの中に確かに等身大の何かが横たわっているように見えた。

「何かがあるという感じはしますね」

とオリオンさんが背後で落ち着いて言った。

「何もないという感じはしませんね」

とわたしも極力落ち着いた調子で言った。

「黒い髪が見えるでしょう」

とロザリンデが断定するように言った。

「いいえ、見えません。まだ、見えません」

と言いながらわたしは勇気を出してロザリンデを脇に押しのけるようにしてバスルームに足を踏み入れた。淡い光に照らされて黒い髪が湯の中で揺れているのが見えた、と思ったとたんに心臓がでんぐりがえしを打ったが、その拍子に「恐いもの見たさ」という表現が脳裏に浮かび、更に一歩進むと、実際に黒い髪が水の中で揺れているのがはっきり見え、わたしはあっと声を上げ、その声に驚いたロザリンデもつられて悲鳴を上げた。

わたしは思い切ってもう一度バスタブの中に視線を向けた。全体の照明が薄暗く、その部分だけが小さな光源で照らされている。確かに黒いものが見える。首をねじって天井を見ると、脚が恐ろしく長い蜘蛛の死体が蜘蛛の巣に絡まっていた。その向こうにある小さなランプが蜘蛛に当たり、水面に影を落としていることに気がついた。蜘蛛はそれほど大きくはないが影は人の頭ほどに拡大されそこから伸びた脚が揺れる水面で髪の毛のように見える。

「蜘蛛だ」と言い切ってしまうことが酷に思われ躊躇していると、ロザリンデはそこにあるものをとっくに自分の目で確認したようだった。説明しなくても平気そうだとほっと胸をなでおろし、もう一度よく見ておこうと首をねじって見上げると、蜘蛛の脚それぞれの曲がり具合が苦しげだった。ロザリンデが静かにしゃくりあげる声が背後で聞こえた。振り返るとオリオンさんが後ろからロザリンデの肩を抱いていた。

「とりあえず居間に戻りましょう、ね」

ソファーに腰をおろした時、ロザリンデはもう泣き止んでいた。オリオンさんは温かいものを飲んだ方がいいと言って、紅茶を煎れ直すため台所に立ち、わたしとロザリンデは二人きりになった。

「すみません。泣いたりして」

と言ったきりロザリンデが黙っているのでわたしは気まずくなり、感情の弦に触れないことを言おうと、

「イギリスのお芝居が好きだと言っていましたね。時々観に行くんですか」

と訊くと驚いたことにロザリンデはわっと泣き出した。幸いそこにオリオンさんが紅茶ポットを持って戻って来た。

「どうしたの？」

驚いて尋ねるオリオンさんの顔を見るとロザリンデは鼻をかんでから、こう語った。

「母はお芝居がとても好きだったんです。芝居のチケットが買えれば食事は日に一度でもいいと言っていたくらいです。でも今はもう観に行くこともできない。わたしが近くに住んでいればタクシーで劇場に連れていくこともできるんですけれど」

オリオンさんは何度も頷いてから言った。

「そうですよね。今度帰郷してみてはいかがです？　お母様はあなたの顔が見たいのではないですか」

「わたしも電話でそう言うのですが母は会いに来なくてもいいと言うんです」

「本当は会いたいのでしょう」

「そうだとは思います。でもお金がもったいないから会いに来ないでいいと言うんです。フライトに使うお金があったらその分も送金しろと言われたような気がして傷つきました」

「古い世代は考え方が違うのよ。大家族の生活が少しでもよくなることを考えて自分の寂しさは我慢しなければいけない、と考えてしまうのでしょう。わたしの祖母もそうだった」

ロザリンデは頷きながら表情が明るくなっていった。オリオンさんは時計を見て「もうこんな時間」と驚き、わたしたちはロザリンデに別れを告げた。

「あ、蜘蛛の死体を取り除くのを忘れた」

すっかり冷えた外気の中を駅に向かいながらわたしが思いついたことをそのまま口にすると、オリオンさんは立ち止まってその唇に不思議な笑いを浮かべて言った。

「いいのよ、あのままにしておけば。あの蜘蛛はロザリンデのお母さんなんだから」

その朝ラジオを聞きながらコーヒーを飲んでいると、午後から雨が降るという予報が耳に流れ込んできた。普段はニュースが終わって天気予報が始まるとすぐにラジオを消すのだが、この日はぼんやりしていたのか、天気予報を最後まで聞いてしまった。

窓ガラスの向こうでは水色の空が、綿雲を薄く伸ばして輝いていた。わたしはコーヒーをゆっくり飲み干すと、首を守るように襟巻きを何重にもまいて外に出た。鍵を閉めていると、隣の家で扉が開く音がしたので呼吸が止まりそうになった。中から出てきたのはMさんではなく、大柄の熊のような男で、肩まで伸ばした髪は金色から銀色へ移行する途中だった。

「あ、ミス・ミサですね」

と言いながら見知らぬ男はドアを開けたまま垣根の方に近づいてきた。ミス・ミサというのが自分のこととすぐには分からなかった。

「バンドゥーレです。ミヒャエルから渡してほしいと言われている物があります」

Mさんには男性のパートナーがいて、確かその人は自分がプルーセン人という絶滅した民族の末裔だと信じていて、だからその痕跡を追っていつも旅しているのだ、ということを思い出した。わたしは誘われるままに家の中に入っていった。Mさんと違ってバンドゥーレの外見にはとっつきにくいところがあるが、

「今コーヒー煎れますから。お時間大丈夫ですね」

と誘う口調はどこかMさんと似ている。いっしょに暮らしていると日常的なことを言う時の言葉のメロディーが似るのかもしれない。部屋の隅に置いてある大きな長靴やリュックサックなど、Mさんに似合わないと思った物は、バンドゥーレと名乗るこの男の持ち物なのだなと腑に落ちた。

「ミヒャエルもいっしょに家に帰ってくるつもりだったんですけれど、叔母さんが怪我《けが》して入院したので、ビルニュスから直接ミュンヘン行きの便に乗ったんです」

「叔母さんですか。長生きですね」

「ええ、百二歳です」

「お姉さんにも会えるといいですね」

「ミヒャエルの姉ですか？」

「はい。建築家の、確かニコラ・ミーネンフィンダーさんというお名前だったと思うのですが」

それを聞いてバンドゥーレは豪快な笑いを発した。

「ニコラ・ミーネンフィンダーは、僕が昔書いた小説に出てくる架空の人物ですよ。ミヒャエルをモデルにした男性を主人公にしたのですが、そいつがあまり孤独で友達もいなくて可哀想だから、姉をつくってやったんです。そしたらミヒャエルはその登場人物がすっかり気に入ってしまって、よくその姉の話をするようになりました。僕が彼女の創造主です。男が子供を産んだ、みたいな満足感に浸っています」

「あなたは小説家なのですね」

「いいえ、創作はただの趣味です。ミヒャエルは、しっかりもので才能があって社会的にも成功する姉が欲しかったんだと思います。だからお姉さんをプレゼントしてあげたんですよ。実際にプレゼントしたのは小説ですが。ミヒャエルは寂しがり屋ですから」

「そうは見えませんが」

「一人っ子だから、頼りになるお母さんと、仕事熱心で有名なお父さんと、やさしい姉を一人で体現してくれるようなきょうだいが欲しかったんでしょう」

もし姉がいるということがフィクションだとすると、Mさんの話してくれた他のことも本当ではない可能性がある。これまで少しずつ組み立ててきたわたしのMさん像はトランプでつくった家のように、窓を開けた瞬間風に吹かれてはたはたと倒れてしまうのか。建築家のニコラ・ミーネンフィンダーならそんな壊れやすい家は建てなかっただろう。

「それでは子供の頃に東プロイセンから追放されてきたという話もフィクションですか」

「それは本当ですよ。だから東プロイセンについての本を数冊あなたに渡すように頼まれているんです」

「エンジニアだったというのは？」

「それも本当です」

コーヒーの香りが脳に届くと忘れたはずのMさんとの会話の断片が蘇ってきた。

「ではコロンビアでコーヒー園をやっているシュテファン・アストという友人は実際に存在するんですか」

「さあ、シュテファン・アストねえ。僕の小説には出てきませんよ。ミヒャエルに昔、そういう名前の友人がいた可能性はありますが、話を聞いた覚えはないなあ。いや、ひょっとしたら何か後ろめたいことがあるから、話さなかったのかもしれない」

わたしは声を出さずに笑ってから、こう尋ねてみた。

「でもこのコーヒー豆は、そのシュテファン・アストが送ってくるんじゃないですか」

「あ、そうか。その人のことですか。いつもコロンビアからコーヒーを送ってくる人だ。ツヴァイクではなくてアストだ、と冗談を言って笑った。今思い出しました。実在しますよ」

アストは大枝、ツヴァイクは小枝という意味で、シュテファン・ツヴァイクはウィーン生まれの小説家で第二次大戦中にブラジルに亡命した。

わたしはバンドゥーレの顔を見ながら、この人とMさんのことをもっと知りたいと思った。

「あなたはプルーセン人の末裔《まつえい》なんですか」

バンドゥーレは大まじめな顔で答えた。

「そうです。でも遺伝子のことを言っているわけではありません。家系図の話でもありません。どの民族の血が流れている、などという言い方をする人がいますが、かなり非科学的だと思います。自分はプルーセン人の世界観を受け継いでいるつもりです」

「前にこの家に来た時に変わった人形が置いてあったのですが、あれはプルーセン人の神様か何かですか」

「さあ、どんな人形ですか」

わたしはその人形が靴箱の上に飾ってあった気がして玄関に戻ってみたが、そんなものは置かれていなかった。

「不思議ですね。思い違いか、夢かもしれません。あれこそプルーセン人の神様だろうと思ったんですけれど」

「プルーセン人には、たくさんの神様がいたんですよ。樫《かし》の木の神様など植物神が多かったが、動物の神様もいました」

「プルーセン人は死後、天国か地獄に行くのですか」

「プルーセン人はどんな怠け者でも悪者でも、死後はみんなとても楽しい生活を送れることになっています。その点が特に気に入っているんです。ただね、彼らには死体を三日保管してそれを腐らせないで祈る風習があって、夏の間死体をどうやって冷却していたのか、その謎は学者たちにも解けないそうです」

「それは冷蔵庫の神様に頼んだのでしょう」

「ははは、冷蔵庫の神様ですか。さすが、あなたの国にはそういう神様もいるんですか」

「家電と話をするのは国の文化ではなくて、わたしの個人的な文化です」

「実は自分も冷蔵庫には友情を感じています。特に冷凍庫の部分が雪景色みたいで好きです」

「プルーセン人はまさか冷凍食品を食べて暮らしていたわけではないですよね。何を食べていたんですか」

「家畜を飼い、魚を獲り、麦を育ててパンを焼き、蜂を飼って蜂蜜をとって暮らしていました」

「普通ですね」

「そうなんです。プルーセン人はごく平均的なヨーロッパ人だったんです。ただキリスト教化されにくかった。だからドイツ騎士団などはいらだって、プルーセン人はひどく野蛮だという記録を残したんですね」

「でもプルーセン人は滅ぼされたのではないんですよね」

「はい、ジェノサイドの記録は残っていません。自然に同化して消えていったみたいです。言語についても、ドイツ語やポーランド語やロシア語を強要されたわけではなくて、便利だから習って使っていたみたいです」

「誇りとかにあまりこだわらない人たちですね」

「そこが好きなんです。でもひょっとするとそのせいで怠け者だと思われてしまったかもしれない。人よりたくさん働いて人より豊かになってやろう、というような欲もなかったんですね。あなたの民族はどちらかというとドイツ騎士団みたいに、豊かになろうとして無理して働いて、他人の土地まで押しかけていく傾向があったのではないですか」

急に矛先を向けられてわたしはどきっとした。

バンドゥーレはわたしを落ち着かせるように肉の厚い掌でわたしの肩を叩《たた》く動作をして、こう続けた。

「別にあなたを非難しているわけじゃありませんよ。ただ僕はかつて仕事でチャンチュンに住んでいたことがあるんでね、よく満州国の話を聞かされました。チャンは長い、チュンは春という意味だそうですね」

わたしははっとした。チェン先生に「チャンチュン」の出身だと言われた時には全く思い浮かばなかった「長」と「春」の二つの漢字が今はっきり浮かび上がった。バンドゥーレは東欧の消えた民族の歴史だけでなく、アジアの歴史にも関心を持っているようだった。

「あなたの国は確か、当時、隣の国を無理に権力下に置こうとして、国際社会から孤立してしまったんですよね」

わたしはいつか見た夢のことを思い出した。どういうわけか遅刻してあわてて会議室のような部屋に飛び込むと、すでにたくさんの招待客たちがワイングラスを手に窓際で楽しそうに雑談を交わしている。男性は軍服、女性は夜会服を着ていて、気がつくとわたしだけが寝間着姿だった。部屋の真ん中に設置された長方形のテーブルの上には、色とりどりの国旗が立てられた大きなケーキが置いてあった。

やがてスプーンでグラスの縁を軽く叩く音が聞こえると、みんな躊躇《ためら》わずにテーブルを囲んで席についた。末席があいていて、わたしはその席に座りたいのに身体が硬直して動かない。こちらを指さしてひそひそ話をしている人たちがいた。それに気がつくと急に腹の底から敵意が湧いてきた。ふん、わたしは元々あんなケーキをみんなと仲良く切り分けて食べるつもりなどない。みんな本当は領土が欲しいだけなのに友好的な仮面をかぶって、遅れてきた寝間着姿のわたしを笑っているのだ。偽善者たちのつくった規則になど従わないで、いきなり自分の好きなだけケーキを奪ってやろう、と思ってケーキナイフを手に取って頭上に振り上げると誰かが悲鳴をあげ、わたしは目が醒《さ》めた。

「大丈夫ですか」

と声をかけられてはっと我に返るとバンドゥーレがわたしの肩に左手を置いて、

「どうしましたか」

と心配そうに訊いた。わたしは白昼夢の話はしないで長春のことを話した。

「実は太極拳の先生がチャンチュンの出身だと教えてくれたのですが、わたしの国ではチョーシュンと発音するので、どの町をさしているのか見当がつかなかったんです。そのことに今気がついてちょっと驚いているだけです」

「それで先生が自分にだけ冷たい理由が判明したということですか」

「いいえ、先生がわたしに対して冷たいということは全くないんです。誰に対してもとても温かくて、扱いは完全に平等です。相手がドイツ人でもロシア人でもフィリピン人でも同じように温かいんです」

「それで安心したって話ですか？」

そう言われて、わたしはバンドゥーレに少し腹が立ち、こんなことを言い返した。

「あなたはドイツ人であることが嫌だからプルーセン人の末裔だなんて言っているのではないですか。人間そんなに簡単に自分の祖先を選ぶことができるんですか」

「それはできないでしょうね」

バンドゥーレは苦笑を浮かべて、困ったようにつむじに右の掌を当てた。

「僕の父はグダニスク出身のドイツ人で、母の家族はウクライナからドイツに移り住んできたロシア人です。ご存じのとおり、ウクライナに住むロシア人はウクライナ人からよく思われていなかったし、ドイツに移住してからはドイツ人に差別されたそうです。一方ドイツ系である父は、グダニスクがポーランド領になってからはそれまで普通に付き合っていた近所のポーランド人から距離をおかれ、ドイツに移住してからはポーランドから来たということで蔑視されることもありました。居場所がなくなった人たちばかりです」

「あなた自身はどうやって偏見を克服したんですか」

「まずは自分にも偏見があることを認めることが大切です。でも、それは糞真面目《くそ》なやり方で、他にもっと遊びに近いやり方もあります」

「遊びに近いやり方?」

「そうです。祖先についてみんな深刻になりすぎると思いませんか。うちの家系は代々ああだった、こうだった、と自慢しても意味ないと思いませんか。だから、遊び心を出して勝手に自分の祖先はプルーセン人だと決めてしまったんです」

わたしがもっとくわしく知りたいという表情をしていたのだろう。バンドゥーレが少し心配そうに言った。

「あなたは、聞き上手ですね。どんな話でも面白そうにスポンジのようにどんどん吸い込んでいく。だからこちらはとめどもなく自分の話をする。しかしあなたも本当はつまらない話を長々と聞かされて迷惑しているのではないですか」

わたしがはっきり首を横に振ると、バンドゥーレは低めの声でこう続けた。

「僕は人生の失敗者です。勤め先が決まってもすぐに落ち込んでしまって、何度仕事をやめたことか。入院した経験も何度もあります。でもプルーセン人について調べ始めてから気分は中の上あたりで安定しています。ありがたいことです」

　そこまで楽しそうに話していたバンドゥーレの表情がこの時、豹変した。どういうわけか、急にわたしを警戒し始めたようだった。わたしはバンドゥーレに用があるからと断って席を立ち別れを告げたが、なんだか胸が苦しくなってきて、その夜はなかなか寝付けなかった。

　わたしはMさんとの間に生まれた緩い関係をいつまでも緩いまま保っていたいと思っていたのに、まるで旅先まで追いかけるようにあんな手紙を書いてしまった。あの手紙には、緩いものを緩いままにしておけない性急さがあった。緩く張られた糸だけから成り立っている今の生活を変えたいという願いがわたしのどこかで燻《くすぶ》っていて、そこからくる焦りが、自分が無知のまま世界史の中に放り込まれているという焦りと重なって、これからどうしたらいいのか、その答えを無意識のうちにMさんに求めていた。Mさんが答えを与えてくれるはずがないのに一方的に期待し、その願いが叶わないので今度はバンドゥーレに急接近して、根掘り葉掘り話を引き出している。そのせいで歪み始めていたものが更に歪んで、元々壁などなく垣根しかないのでヒビが入るはずのない隣家との関係にヒビのようなものが入ってしまったのではないか。

　太極拳の稽古は、秋が冬に変貌していくのと同じ確実さで、三式から四式へ、四式から五式へとじわじわと進んでいった。全部で二十四の型があるので、最後の第二十四式を待つ心は、アドベント・カレンダーの窓を一日に一つ開けながらクリスマスイブを待つ子供の心と似ていた。厚紙でできたアドベント・カレンダーには小さな紙の窓が二十四ついていて、十二月一日から二十四日までの日付が書かれている。窓を開けると中に小さなチョコレートがある。最後の窓を開ける日がクリスマス聖夜だった。

「第五式はピーパです」

とチェン先生はその日、まるで嬉しいニュースでも伝えるように満面の笑みを浮かべて宣言したが、ピーパに一体どんな漢字を当てはめればいいのか見当がつかなかった。チェン先生の口から出るPの音はBのようにもきこえる。もしかしたら「ビーバ」なのかもしれない。わたしは「チャンチュン」が「長春」のことだと気づかなかったことを思い出して唇を噛《か》んだ。チャンチュンに住む人々は今でも傀儡《かいらい》政権を立てて政治を人形芝居にしようとしてきた隣国のことを恨んでいるかもしれないと思うと、チェン先生の顔を正面から見ることができなかった。

「洋梨のかたちをしたリュートのような楽器、ご存じですか？　それがピーパです」

というチェン先生の声が耳に流れ込んできた途端、弦にばちが当たってバランと音をたて、脳裏にはっきり「琵琶」の二文字が浮かんだ。王様が四人も並んだ豪華な字面だ。ピーパというのは琵琶のことなのではないか。繋がらないものが繋がった快感を熱いシャワーのように浴びながら顔を上げると、チェン先生の落ち着いた顔があった。

「ピーパって中国のバラライカですよね」

と後ろから太い声がした。アリョーナだった。

「まあ、そうも言えますね。わたしに言わせれば、バラライカがロシアのピーパなんですけれど、それぞれ好きな弦楽器をイメージしてください。こんな風にかまえてくれれば、どんな楽器でもかまいません」

そう言ってポーズをとるチェン先生は、琵琶ではなくハープを奏でる人のように見えた。

「でもわたしたちは音楽を奏でるだけではありません。目の前の敵から身を守るのです」

チェン先生がほんの少し姿勢を変えたのか、それとも心構えを変えただけなのかは不明だが、一瞬にしてハープをつまびく姿が闘う姿に変貌した。

「太極拳は音楽であり、武術でもありますが、それだけではありません。楽器がなくても敵がいなくても、この姿勢は頭痛や胃炎に効くし、不安を解消するとも言われます。つまり単に自分の健康のために身体を動かしていると考えてもいいのです」

そう言って笑うチェン先生の肩はどの方向にもほんの少しもつっぱることなく、地球の引力に自らの重さを任せて、あるべき場所に収まっていた。

わたしたちは第一式から琵琶の出てくるところまで復習した。動きは揃ってはいなかったが、同じ舞台上で戯曲でも演じているような一体感を感じた。この戯曲には、琵琶を奏でる人、膝の前を払う人、羽を広げる鶴、野生の馬のたてがみを分ける人など様々な人物や動物が登場する。役者も様々だが、それぞれの役者がすべての役を演じるところが変わっている。

稽古が終わって更衣室に入ると、中にいたロザリンデが内気そうな微笑みを浮かべて、

「この間はありがとう。バスルームが墓場でなくなりました」

とわたしに礼を言った。その時更衣室に入ってきたオリオンさんが、わたしとロザリンデの顔を見比べながら、

「今度シャウビューネに『ハムレット』を観に行かない？　人気がありすぎてチケットをとるのはほとんど不可能なんだけれど、うちの患者さんにコネのある人がいるの」

と誘った。ロザリンデは少女のように手を叩いて喜んだ。オリオンさんがロザリンデだけでなくわたしも誘ったのが意外だったが、幽霊狩りの夜がわたしたち三人を見えない糸で結び付けたのかもしれなかった。

背後でガサガサという紙の音がした。振り返ると、ベッカーさんが紙袋をあけてクレアにクッキーを勧めていた。

「出産日はもう近いんでしょう？　赤ちゃんはお腹の中でもう太極拳の練習をしているんじゃない？」

「太極拳は出産寸前までできるところが嬉しい。以前はテニスもやっていたけど、転ぶ心配があるからやめちゃった。絶対に転ばないのが太極拳かもね」

そう言いながらクレアは大きめのクッキーを手に取り、一口で食べてしまった。

ロザリンデとわたしもクッキーを勧められて一枚ずつ取ったが、オリオンさんは断った。

「一応歯医者なので、甘い物は人の見ていないところでしか食べないんです」

と付け加えるオリオンさんにユーモアがないとは言えない。アリョーナは愛想笑いを浮かべてクッキーをすばやく二枚抜き取ってからわたしを脇に引っ張っていって、

「土曜日にうちに遊びに来ない？　特製のピロシキを揚げて歓迎するけど」

といきなり自宅に招待した。

「誕生日？」

「ちがう。実は相談にのってもらいたいことがあるの。応援しているベンチャー企業が今度日本に進出するという話があって、もう取引先の会社も見つけたというのだけれど、その会社がどうも怪しいから正体を調べたいの」

わたしはすぐに承知した。アリョーナがどんな暮らしをしているのか覗いてみたかった。投資するほどの遺産を相続したのだから、目を見張るような豪邸かもしれない。


家に帰るとさっそくもらった住所の位置を地図で調べてみた。それは町の南西にある湖に面した短い通りだった。いつだったか、パウラとロベルトに誘われてその湖に遊びに行った時、ヴィラが並ぶ静かな住宅地を散策したことがあった。わたしたちは三人とも空腹を感じ、ケバブか焼きソーセージを売っている店でもないかと探したのだが、そんな店はもちろんのこと、キオスクもスーパーマーケットも見あたらなかった。

「不便だね。こういう地区に住んでいる人たちは可哀想だよ」

とロベルトがこぼすと、

「高級住宅地に住んでいる人たちに同情しているの？　馬鹿ね」

と言ってパウラがロベルトの額を中指で軽く突いた。

「どうして馬鹿なんだよ。うちみたいに、一階がギリシャ料理屋でその隣がキオスクという最高の環境が存在することを知ったら、この辺に住んでいる人たちは羨ましがるだろうな」

ある人のことを考えると、その人が連絡してくるという現象がある。パウラとロベルトと散歩した時のことを思い出しながら地図を見ているとパウラから電話があり、土曜日にいっしょにフリーダ・カーロの展覧会に行かないかと誘ってきた。規模は小さい展覧会だが「女性の身体と死」というテーマで、フリーダ・カーロの作品が他の画家の作品といっしょに展示してあるそうだ。わたしが用があるので無理だと答えてもまだ熱心に誘ってくるので、行かれない理由を説明する必要を感じ、太極拳でいっしょのロシア人の家に招待されている、と話した。

推理ドラマの見過ぎだろうか、電話を切った瞬間、たとえわたしが急に行方不明になっても「太極拳でいっしょのロシア人の家」へ行ったというパウラの証言を手がかりに、警察はわたしを捜し出してくれるだろうと思った。

わたしは特に推理ドラマが好きなわけではないが、テレビをつけると人が殺されそうな雰囲気が映っていることは多く、そのまま観ていると必ず誰かが殺される。あるいはテレビをつけた瞬間、すでに誰かが殺されていて、川縁の草地にシートをかけられた死体が横たわっていて、作業服を着た人たちがまわりを捜索している。テレビという箱の中で毎日どれほどの殺人が行なわれていることか。

この日の夜もクライストの小説を読んでいて頭が疲れたのでテレビをつけるといきなり尋問の場面が映って、

「あなたはその日、セルゲイにガス湯沸かし器の調子がおかしいからすぐに家に来て欲しいと電話で頼まれて家に行ったのですね。誰かそれを証明できる人がいますか」

と訊かれた男が眉をひそめて二秒ほど考えてから、

「はい。でかける前に同僚から電話があって飲みに行かないかと誘われたのですが、セルゲイのところにガス湯沸かし器を修理に行くからという理由をつけて断りました」

と答えた。

ドラマの中で容疑者に質問をしている人のことを何と呼ぶのだろう。審問官という言葉が浮かんだ。それはドイツに来る前に読んだドストエフスキーの小説で知った単語だった。ただの「審問官」ではなく、「大審問官」だったかもしれない。権威を感じさせる言葉ではあるが、「魔王」という言葉と同じくらい現実味が薄い。

「それでセルゲイの家に着くと、彼が台所でうつぶせになって倒れていたんですね」

と念を押されると、容疑者はほっとしたように頷いた。ところが意外な質問がそれに続いて発射された。

「どうやって家の中に入ったのですか」

容疑者は動揺し、震える声で答えた。

「なぜかドアが開いていたんです。その時、変だとは思ったのですが」

どうやら真実を述べているようだったが説得力がない。無罪の者も動揺することがあり、ひどく動揺することで嘘をついていると思われてしまうこともあるのだろうか。逆に有罪でも決して動揺しない人間もいるだろう。

わたしはテレビを消した。ドラマの登場人物たちがアリョーナと同じロシア人であることが偶然とは思えなかった。するとその瞬間、ＣＤプレイヤーが話しかけてきた。

「偶然や、ただの偶然。テレビ局かて、あんたのこと考えて番組つくっとるわけやない」

うちの家電たちは自家製の方言を使って話しかけてくるが、きつそうできつくない、抜けているようで鋭い語調にわたしはつい笑ってしまい、そのはずみで冷静な自分に戻る。妄想に引きずり込まれがちな孤独な時間には、そんな家電が家の中にいてくれることがありがたい。ロザリンデも家の中に一人いる時、家電たちとくだけた言葉でやりとりできれば、バスタブに死体が現れるところまで思いつめなくてもすんだのかもしれない。

アリョーナは土曜日の午後三時頃に来てほしいと言っていたが、「頃」というゆるそうな時間枠が逆に約束の時間に間に合わないのではないかという焦りをかきたて、早めに家を出ると一つ前のバスに乗ることになり、そのせいで一つ前の電車に乗り、どんどん繰り上がって、駅の時計を見るとまだ二時半にもなっていなかった。

家を出た時は降っていた小雨がいつの間にかやんでいた。

「それで時間をどうやってつぶしたのですか」

推理ドラマなら、警察でそう訊かれるだろう。「湖畔を歩いて時間をつぶすことにしました」という答えはテレビドラマに出てきそうで嘘くさい。「でも雨が降っていたのではないですか」という質問にあったら、「いいえ、その時は降っていませんでした」と答えよう。実際にその時、雨は降っていなかった。バスに乗っている間はまだ小雨が降っていたが、電車を降りて駅の外に出るとやんでいた。それを言えばわたしの行動時刻を細かく確定することができるのではないか。

そのうちまた降り始めそうだと思いながら、湖岸に向かってゆるやかな坂を下りていった。湖面は空に調子を合わせ、鉛を溶かしたような色をしていた。鼻を地面につけるようにしてにおいを嗅ぎながら足だけちょこちょこ忙しく動かして犬が近づいてきた。脇腹にハート形の黒い斑《ぶち》のある白い犬だった。後から飼い主と思われる女性がベレー帽をかぶり、コートの襟を立ててうつむきかげんに歩いて来た。彼女はわたしの顔を見ようともしなかったので、証人にはならないかもしれない。わたしの方も顔が見えなかったので、再会してもこの人だったと断定できないだろう。でもこの犬の黒い斑は忘れない。何十四もの犬の中からこの犬を選び出せる自信があった。

犯罪に巻き込まれたわけでもないのに、そんなことばかり考えているわたしはどうかしていた。

何か別の不安があるのでそれを忘れるために脳がそういう妙な働き方をするのかもしれなかった。

アリョーナの家はこの地区に立ち並ぶ豪邸の一つで、向かい合う二羽の白鳥をかたどった柵の向こう側には、秋も深まっているというのにあおあおとした芝生に覆われた敷地が広がり、その奥に優雅な張り出し窓と円形バルコニーのある真っ白なヴィラが構えていた。亡くなった夫という人はアリョーナが投資に注《つ》ぎ込んでいる現金の他にも、このように立派な不動産を残してくれたのだろう。

掛け金をはずして門を押し、予想通りのぎいっという音を聞いて、敷地に足を踏み入れた。小径《こみち》の両脇に植えられた薔薇はめずらしいことにオレンジ色をしていた。

呼び鈴を探そうとして、扉が完全に閉まっていないことに気がついた。取っ手に触れただけで、扉は自動ドアのように音もなく開いた。アリョーナがわたしのために開けておいてくれたのかもしれないし、そそっかしいところのある彼女のことだから閉め忘れたのかもしれなかった。

その時、家の奥から男性の声が聞こえたように思い、首を入れて中をのぞくと玄関広間を六角形に囲む壁のうち右斜め奥のドアが少し開いていた。床は嵌《は》め石細工に覆われ、天井は高く、家の中に踏み込んだ一歩目は靴音が大きく反響してしまったので二歩目からは音がしないように細心の注意を払って足を下ろした。右斜め奥のドアの向こう側からアリョーナが、

「何を考えているの?」

と怒鳴る声が聞こえた。

「どうしてできない？」

と怒鳴り返す男の声は激しいが太くはなく、むしろ若者らしい艶と甘えがあった。ドイツ語の部分しか意味が分からない。

「あなたに投資するのは、海に札束を捨てるようなものね」

アリョーナは音量を下げたが、その代わり軽蔑を含めてそう言った。男はこの挑発的な言葉を聞いて怒る代わりに下手に出た。

「千ユーロだけ頼む。今日親友に返さなければならない。そうしないと……」

ドアに忍び足で近づいて、隙間から室内をのぞき込むと暖炉が見え、その脇の壁には火かき棒が立てかけてあった。重そうで先が尖っていて、武器のように見えた。立ち位置を変えると、白いワンピースを着たアリョーナの姿が見えた。その目の前に立っているのは黒い髪を耳が隠れるくらいの長さに伸ばした青年だった。青年の目はサファイアのように光っていたが、光が強すぎて不気味でもあった。わたしはドアに身を隠して二人の様子を観察しながら、ゆっくりとドアをあと十センチほど開けた。アリョーナがため息をついて、

「オーケー」

と言い、青年に背を向けて棚の前で腰をかがめ、腰の高さに置いてあったクッキーの缶の蓋を開けようとした。すると青年は壁に立てかけてあった火かき棒を手に取り、アリョーナの背中に大股で近づいていった。

わたしが悲鳴をあげる直前にアリョーナが、

「でもね、」

と言って身を起こしながら二歩下がって右肩から身をひねって振り返った。その時アリョーナの肩胛骨《けんこうこつ》から大きな鳥の翼が生え、それが青年の脇の下に入って掬《すく》いあげるように天井に向かって大きく広げられ、青年はバランスを崩して低いテーブルに足をとられて弧を描くように後ろ向きにひっくり返った。ソファーの角に頭ががつんとぶつかる音がし、青年は唸り声をあげて頭を抱え、絨毯の上でエビのように身体をまるめた。アリョーナはあわてて、

「ロージャ、ごめん、痛かった？」

と腰をかがめて声をかけた。青年が顔を痛みに歪めたままのろのろと立ち上がり、床に転がった火かき棒を再び拾い上げたので、わたしは黙っているわけにはいかなくなり、

「気をつけて！　彼はあなたを殺そうとしている」

と叫んだ。青年はぎょっとしてドアの外にわたしが立っているのを見つけると、火かき棒を投げ捨ててこちらに襲いかかってきた。というのはわたしの思い違いで、青年はわたしを脇へ突き飛ばして逃げていったのだった。

わたしはへなへなとその場にすわりこんでしまった。アリョーナが近づいてきてわたしの脇の下に手を入れて立たせ、抱きかかえるようにしてソファーのところまで連れていってくれた。アリョーナはまだ状況がつかめていないようで、

「どうしたの？　あら、もう三時？」

などと呑気なことを言っている。わたしは壁にかけられたアンティークの時計をじっと睨《にら》んだ。警察で尋問された時のためにしっかり時刻を覚えておかなければならないと思ったが、長い針と短い針が天国と東の方向をさしているだけで、頭の中でそれが一つの時刻に結びついてはいかなかった。

「何か飲む？　今日のロージャは変。あのくらいの口論で逃げていくなんてめずらしい。お金を貸してあげるつもりだったのに」

「今、何が起こったのか、あなた全然把握していないの？」

「いつもの喧嘩。心配しなくても大丈夫」

「ロージャは鉄の棒で後ろからあなたの頭を殴ろうとしていた」

さすがのアリョーナもそれを聞いて息をのんだ。

「そんなこと、ありえない」

「この目で見たんだから。わたしがそんな嘘をついても仕方ないでしょう」

「殴ろうとしたなら、どうして殴らなかったの？」

「あなたが太極拳の技で自分の命を守ったから殴れなかったの」

「技？　わたしにはまだ使える技なんてない」

「白鶴亮翅《はっかくりょうし》。鶴が右の翼を斜め後ろに広げるように動かして、後ろから襲ってくる敵をはねかえすの」

アリョーナは笑い出した。わたしの言うことを真に受けていないのかと思うとそうでもないようで、

「つまりわたしがまだ技を習得していなくても、危険が迫った時には身体が勝手に動いて身を守ってくれるってこと？　もし本当にそんなことがあるなら安心して生きていけるね。マイスター・チェンに感謝して、シャンペンで乾杯しましょう。冷蔵庫に一本冷やしてあるから」

と言って、すがすがしく笑った。

その翌週もそのまた次の週も、わたしたちは太極拳学校で一つずつ新しい動きを習っていった。両腕に糸を絡ませるようにして目の前の影をおびき寄せながら後退していくこともあった。鳥の尾をつかんで自分の腹の方に引っ張り、腹にはぶつけず脇へさっと送り出すこともあった。

第十式までたどりついた頃にはベルリンの町は深い雪に覆われ、その雪を見てアリョーナはペータースブルクの雪を懐かしみ、ロザリンデはマニラの太陽を懐かしんでいた。

わたしは長春の歴史を記した分厚い本を図書館で見つけ、毎晩少しずつ読んでいる。隣の家のカーテンは日が暮れると内側から温かいオレンジ色に染まり、その向こうで団欒《だんらん》する二人の姿を思い浮かべることはあっても、あれ以来わたしはもう、隣家のベルを鳴らすことはなかった。

装画　溝上幾久子
装幀　坂川朱音

初出紙　「朝日新聞」二〇二二年二月一日から八月十四日まで連載され、書籍化にあたって加筆修正した。

多和田葉子（たわだ ようこ）
一九六〇年東京都生まれ。早稲田大学文学部卒業、ハンブルク大学修士課程修了、チューリッヒ大学博士課程修了。八二年よりドイツに在住し、日本語とドイツ語で作品を手がける。九三年『犬婿入り』で芥川賞、二〇〇〇年『ヒナギクのお茶の場合』で泉鏡花文学賞、〇三年『容疑者の夜行列車』で伊藤整文学賞、谷崎潤一郎賞、〇五年ゲーテ・メダル、一一年『雪の練習生』で野間文芸賞、一三年『雲をつかむ話』で読売文学賞、芸術選奨文部科学大臣賞を受賞。一六年ドイツのクライスト賞、一八年『献灯使』で全米図書賞（翻訳文学部門）、二〇年朝日賞など受賞多数。
著書に『ゴットハルト鉄道』『エクソフォニー　母語の外へ出る旅』『旅をする裸の眼』『ボルドーの義兄』『言葉と歩く日記』『地球にちりばめられて』『穴あきエフの初恋祭り』『星に仄めかされて』『太陽諸島』ほか多数。

白《はっ》鶴《かく》亮《りょう》翅《し》

二〇二三年五月三〇日　第一刷発行

著　者　多和田葉子《たわだようこ》
発行者　宇都宮健太朗
発行所　朝日新聞出版
〒一〇四-八〇一一　東京都中央区築地五-三-二
電話　〇三-五五四一-八八三二（編集）
〇三-五五四〇-七七九三（販売）
印刷製本　株式会社　加藤文明社
©2023 Tawada Yoko, Published in Japan by Asahi Shimbun Publications Inc.
ISBN978-4-02-251904-7
定価はカバーに表示してあります。
落丁・乱丁の場合は弊社業務部（電話〇三-五五四〇-七八〇〇）へご連絡ください。
送料弊社負担にてお取り替えいたします。